第二のお庭番

古来稀《まれ》なる大目付10

藤 水名子

時代小説

二見時代小説文庫

目次

第二のお庭番——古来稀《まれ》なる大目付10

第二のお庭番　古来稀《まれ》なる大目付10・主な登場人物

松波三郎兵衛正春《まつなみさぶろべえまさはる》…七十五歳にして大目付を拝命。斎藤道三《さいとうどうさん》の末裔と噂され蝮《まむし》とあだ名される。

桐野《きりの》………三郎兵衛の身辺警護のために吉宗《よしむね》から遣《つか》わされたお庭番《にわばん》。

松波勘九郎正孝《かんくろうまさたか》…三郎兵衛の孫。放蕩三昧の生活から周囲に感化され密偵の真似事に励む。

稲生正武《いのうまさたけ》……四名いる大目付の筆頭格。三郎兵衛は正武の通称の次左衛門《じざえもん》と呼ぶ。

青木甲斐守《あおきかいのかみ》…摂津麻田《せっつあさだ》藩一万石の若き藩主。幽霊騒動の発端と噂される。

仁王丸《におうまる》………伊賀《いが》の仁王丸。堅気の商人を隠れ蓑に黒霧党《くろきりとう》を率い盗人をしていた。

成瀬正幸《なるせまさゆき》……尾張《おわり》家の附家老を務めた、密書が送られた当時の犬山《いぬやま》藩主。

源八郎《げんぱちろう》………成瀬家に仕えていた根来の源八郎。一族の恨みを晴らそうと、桐野に迫る。

伊三郎《いさぶろう》………元尾張家出入りだったとされる紙問屋・桔梗屋《ききょうや》の主。

東次《とうじ》………源八郎の配下ながら、ぞんざいな態度で振る舞う。病葉《わくらば》の東次。

堂神《どうがみ》………桐野の弟子だった元お庭番。「千里眼《せんりがん》」の術を使う。

斎藤黒兵衛《さいとうくろべえ》…松波家に長く仕える老いた用人。

小七郎《こしちろう》………脚が速いのが取り柄だけで隠密となったような若者。

寛七《かんしち》と然三《ぜんぞう》…桐野配下の経験が浅い若き御庭番。

序

※

乾いた風が、時折山頂から激しく吹き下ろす。粛々《しゆくしゆく》と、或いは粛然とした厳しさで──。

江戸市中では未だ夏の熱気が感じられる日もあるが、山中は全くの別世界であった。既に晩秋の気配が濃厚に漂っている。

麓から伸びた一本道は、やがて西と東の二つに分かれた。一方は人里へ。一方はより鬱蒼と樹木の生い茂る山奥へ。

瞬《またた》く間に陽は傾き、山道には闇が訪れる。

無論、人里に向かう道にも、夜は等しく訪れる。

そんな夜の闇の中を、風のように速く走る者がいた。いや、風そのものといってよいかもしれない。

足音をたてず、息を吐く気配もなく、完全なる無と化した者が、懸命に走っていた。

前途に列《つら》なる樹木も草も、見る見る彼の背後へと去る。気配はさせずとも力強い足どりで確実に進む。

進んで進んで、ほどなく火の灯った人里に近づこうかという頃おいだった。

不意に、その者の行く手を阻む者が現れた。

二人三人、四人五人……。

道筋の樹木の陰などから現れた者は全部で十人近くいる。

風の如き走り手は、やむなく無言で足を止めた。

「…………」

年の頃はまだ若く、二十代半ばか、せいぜい三十そこそこといったところ。薄汚れた粗木綿《あらもめん》の小袖に革の羽織、半袴《はんばかま》に脚絆《きゃはん》を着けたその姿は、一見樵夫《きこり》か猟師のようだった。得物は一切身に帯びていない。

一方、彼の前に立ちはだかった十人は、顔まで黒布で隠した全身黒装束の者たちだ。もとより、全員が忍び刀をその手に構え、いまにも彼一人をめがけて襲いかからんとする様子であった。

「密書を渡せ、小七郎《こしちろう》」

黒装束の一人が、底低い声音で要求した。

「………」

小七郎と呼ばれた樵夫姿の男は、黙ってジリジリと後退《あとずさ》る。その顔には、恐怖と焦燥が溢れていた。

「おとなしく密書を渡せば、命までは奪わぬ」

相手が焦り、戦《おのの》いていると察したのか、黒装束の言葉つきは心なしか優しくなった。こういう場面で猫撫で声を出せるのは狡猾な証左である。

「お前は人より少し脚が速いだけで、ろくに武芸もできぬ腰抜けだ。殿から直々《じきじき》に仰せつかったからといって、無理をする必要はないぞ」

「………」

「お前にしてはよくやった。……ほれ、密書を渡せ。我が藩の存亡に関わる重要な密書だ。お前の手にはあまる」

「で、でも……」

「渡せば命は助けると言っておろうが」

「騙されるな」

そのとき不意に、小七郎の背後から声がした。

小七郎が驚いて顧みると、すぐそこに、男か女か、一見して判別のつかぬ人物が立っている。

「密書を渡そうが渡すまいが、どうせお前はこやつらの手にかかって死ぬことになる」

静かな——山奥の湧き水のせせらぎの如き声音でその人物は言い、薄く微笑《ほほえ》んだ。能の小面《こおもて》のように白く美しい貌をしているが、笑うとゾッとするほどの凄味が漂う。但し、纏っているのは小七郎の行く手を遮る者らと同じく黒装束だ。

スッと進み出て小七郎の前に立てば、当然彼を背に庇う形になる。

「何者だ！」

「密書を渡せ」と言った同じ黒装束が、苛立った声音で誰何《すいか》した。

顔を隠しているからわからないが、渋く嗄《しわが》れた声質からして、五十代より若くはあるまい。絶対的な支配力を有する者の声色であった。

「貴様らの敵であることは間違いない」

どこまでも静かなせせらぎの声音でその者は応える。応え終えたときには、更に一歩踏み出していた。と同時に、手中の刃が、通り過ぎざま男の頸動脈を鋭く断つ——。

シャーッ、
という激しい血飛沫《ちしぶき》の殆どは、彼の隣にいた朋輩《ほうばい》が浴びることとなる。

「おのれッ！」

掠《かす》れた叫び声が合図となり、残りの黒装束が全員同時にその者に襲いかかる。

各々が手にした忍び刀の切っ尖が向かうところは、言わずもがな、やや小柄なその身体にほかならない。

ザンッ、
ゾォッ、
ズォッ……

複数の刃が、虚しく空を切る。

次の瞬間、そのしなやかな身体は同じ場所にはなく、彼らの頭上にあった。

じゃっ、という鈍い斬音とともに、三人ほどが首の付け根から多量の鮮血を迸《ほとばし》らせる。頸動脈を抉られ、ほぼ即死であった。

「おのれ、公儀お庭番か！」

掠れ声が再び無念の叫びを発する。

その男のみが常に自らの心中を口にし、他の者らは一切言葉を発さない。その男が一団の首領である証拠であった。

「殺せッ！」

首領は叫んだ。

「お庭番を殺さねば、我が藩はお取り潰しになる！」

他の者たちは当然その下知《げち》に従う。

一旦高く跳んでから、更に二間ばかり跳躍した足下をめがけて、黒装束が再び殺到した。だが、

「たかが伊賀者《いがもの》風情が、御家の存亡を口にするとは笑止《しょうし》なり」

言い終えるかどうかといったところで、公儀お庭番・桐野《きりの》の体は既にそこにはなく、首領とおぼしき男のすぐ前にあった。

「ぬ……」

「真に御家の安泰を願うのであれば、うぬこそ、死ね」

桐野が言い終えぬうちに、首領の頸動脈は切断されていた。

高い跳躍は見せかけで、跳躍するとみせて、実は前へ跳び、その切っ尖は、はじめから首領の急所だけに向けられていた。

「ぐぁあああ〜〜ッ」

首領は大絶叫しながら絶命した。

「お前たちの頭《かしら》は死んだぞ」

桐野から指摘されるまでもない。遺された黒装束たちには戦慄だけが与えられる。

「お前たちも死ぬか？」

桐野の問いかけに促され、黒装束たちは踵《きびす》を返して逃走した。

桐野の狙いどおりであった。首領の支配力が強ければ強いほど、彼を失ったとき遺された部下は無力化する。首領による支配がなければ、彼らは何一つ自ら為すことができない。

「ご、ご加勢いただき……」

「いいから、早く行け」

桐野に向かって謝意を述べようとする小七郎を、桐野は厳しく促した。

「密書を、一刻も早く目的の地へ届けよ。それがそなたの役目であろう」

「あ、あなたは一体？」

「私のことなど詮索せずともよいから、早く行け」

「は、はい」

小七郎は頷き、言われるがまま、再び走り出した、風の如くに――。

暫時その場に止まり、小七郎の行方を見守ってから、桐野もまた同じ方角に向かって走り出した。


(困った小僧だ)

あとを追いながら、桐野は困惑した。

一度追っ手に襲われたのだから、もう少し背後を気にするなり、道を選ぶなりするべきなのに、全く気にせず、無防備にひたすら真っ直ぐ進んでゆく。

まるで、「来れるものなら、ついて来い」とでも言いたげな走りっぷりであった。

(あやつには、生き延びようという知恵も執着もないのか)

桐野の見るところ、小七郎は、ただその足の速さをみこまれて隠密となったにすぎないようだった。それ故、密書を狙う敵の襲撃をうければひとたまりもない。

桐野は小七郎のあとを尾行《つ》けつつ、常に小七郎の身の安全を護らねばならなかった。

桐野の目的は唯一つ。

小七郎が密書を届けるその相手を知ることであった。

何も知らぬ小七郎は、後続の追っ手にも桐野にも追われているとも知らず、目的地に向かって一途《いちず》にひた走った。

人里に到り、更に野山を越え、小七郎は走った。追っ手もまた、執拗に彼を追った。追っ手の刃から護られることが数度にも及ぶと、小七郎は最早《もはや》桐野を疑わず、すっかり心をゆるしてしまった。

「あなた様は、殿が、それがしと密書を護るために遣わされた隠密殿でございますな」

まるきり見当違いなことを言いだしたのは内心噴飯ものだったが、桐野は否定も肯定もしなかった。

もとより桐野は、届け先がわかった時点で小七郎を殺し、密書を奪うつもりであった。

そもそもそれが、痛恨の失策だった。

本来桐野は、小七郎の前に姿を見せるべきではなかった。姿を見せず、あくまで陰にて小七郎を護るべきだった。

小七郎があまりにか弱く頼りないせいで、つい余計な世話を焼きすぎた。

姿を見せたのは仕方ないとしても、言葉など交わすべきではなかった。また、言葉を交わしたのなら交わしたで、さっさと行き先を聞き出し、密書を奪って殺すべきだった。

　それが、できなかった。

　あまりに無防備すぎる小七郎を危ぶみつつ、つい深入りした。なにしろ、吉宗《よしむね》公が将軍位を継《つ》いでまだ数年しか経っていなかった。当時は、桐野もまだ三十代の若さであった。

　その後も追っ手は執拗に現れたが、何《いず》れも手応えのない者ばかりだった。桐野は、追っ手を遣わした者の正体すらも知っていた。

　それで些《いささ》か油断していたのかもしれない。

　そのとき小七郎の行く手を阻もうと現れた一団は、明らかにお馴染みの連中とは一線を画していた。

（おかしい。いつもの連中ではない。……選りすぐりの腕利きだ）

　桐野はすぐに気を引き締めたが、遅かった。

「う、うわぁーッ」

　追っ手に追われて慌てた小七郎は、追いつめられた崖の上であっさり鉄砲で撃たれてしまった。そのまま落ちたら最後、到底助からぬ断崖絶壁の上から転落した。

「小七郎ーッ」

桐野の叫びは、虚しく吸い込まれただけだった。目的の密書ごと小七郎を呑み込んだその同じ水面に――。

※　※

「それが、そなたにとって唯一のしくじりというわけか、桐野？」

という三郎兵衛《さぶろべえ》の問いに、桐野は無言で頷いた。

視線の先に、古びて色の変わった紙片がある。迷った挙げ句、桐野はそれを三郎兵衛に見せた。

「これまで一つの落ち度もないことから、《十全《じゅうぜん》》とも呼ばれる公儀お庭番・桐野にも、若い頃には然様《さよう》なしくじりがあったとはのう」

「…………」

無言で俯く桐野の面上に、束の間苦渋の色が滲んだように見えたのは三郎兵衛の見間違いではあるまい。

（それほど気に病んでおるのか。こやつにしては珍しい）

三郎兵衛は内心舌を巻くが、さあらぬ体《てい》で、

「それで、その密書は、結局誰から誰にあてて書かれたものだったのだ？」

さり気なく話題を変えた。

「密書をしたためたのは、当時の犬山藩主《いぬやま》・成瀬正幸《なるせまさゆき》殿。……誰にあてたものかは、届ける前に失われてしまったため、わからずじまいでございます」

「犬山藩の成瀬……代々尾張《おわり》家の附《つけ》家老を務める家柄だな」

三郎兵衛は即座に述べた。

大目付職に就いてそろそろ一年。大名家の名前や事情にもだいぶ通暁してきた。

「はい。同じく尾張家の家老を務める竹越《たけのこし》家、紀州《きしゅう》の安藤《あんどう》家・水野《みずの》家、水戸《みと》藩の中《なか》山《やま》家とともに『五家《ごけ》』と称され、元和《げんな》の頃より大名の待遇をうけております」

「その『五家』の一つが、一体なにを企んで密書を？」

「当時成瀬家と竹越家は、『尾張は将軍位を争うべからず』の不文律に基づき、尾張家の家老でありながら、御当代継友《つぐとも》公の将軍位就任に積極的ではなかったことで、尾張家の他の家老たちとは一線を画する存在でございました。……密書の内容は、或いはそうした将軍家後継問題に関するものかもしれませぬ」

「なるほど」

三郎兵衛はそこで一旦口を閉ざした。

わからないことが、ある。

二十年もの時を経て、何故突然その書状が見つかったのかについてはいい。世の中には、そうした数奇が全くないとも言い切れまい。

わからないのは桐野である。

二十年も前の己の失策を何故いま三郎兵衛に明かすのか。また、二十年も前の届かなかった密書に、一体なんの意味があるというのか。

「それで、密書はどこで発見されたと？」

「はい。江戸市中の古本屋で売られていた、『水滸伝《すいこでん》』第七十一回の中から発見されました。一巻から七十一回まで、同じ者によって売られたようでございます」

「『水滸伝』の？　七十一回とはどういう話だ？」

「ちょうど、百八人の英雄豪傑が梁山泊《りょうざんぱく》に勢揃いするあたりでございます」

「なにか意味があるのか？」

「さあ……仮にあるとしても、どのような意味があるのかはわかりませぬ」

「ふうむ……だが、その古い書状が、まことその折の密書だと断定できるということは、そちはその密書を見たことがあるのだな？」

三郎兵衛は視線を落とし、紙片を見た。一通の古びた書状であった。

「密書は全部で五通あり、他の四通はすべて手に入れましたので」

宛名は水に滲んで全く読めないが、特殊な紙に特殊な墨ででも書かれたものか、文面のほうは易々と読み取れた。

弥生《やよい》の月、佳日を選んで花見の宴を催そうという誘いの文であった。

なにか深い裏の意味があるのかもしれないが、三郎兵衛には知り得ようわけもない。

「だが、二十年も前の密書だ。今更出て来たからというて、なんの意味がある？」

「………」

「騒ぎたてるまでもあるまい。もし仮に、当時なんらかの陰謀が進行中であったとしても、この書状が届かなかったことで、事無《ことな》きを得たのであろう」

「………」

「それに、今更蒸し返すには、ときが経ちすぎておる」

「それはそうなのですが……」

「なんだ？　何故そちほどの者が、それほどその密書を気にかける？」

「………」

「その…脚の速い若造を死なせてしまったことへの悔恨か？　そちらしくもないな」

つい口にしてしまったことを、三郎兵衛はすぐに悔いた。気まずげに口を閉ざした桐野の貌はいつも以上に青ざめ、その様子は尋常でなかったからだ。

だが、

「涓滴岩《けんてき》を穿《うが》つ、という言葉がございますが、まさしく斯《か》くの如き暗殺方法があることを御前《ごぜん》はご存じでしょうか？」

桐野は再び口を開き、三郎兵衛の予想とは全く違う言葉を口にした。

「涓滴岩を穿つが如き暗殺法？　一体どんな方法だ？」

「たとえば、毒を、一度に致死量与えるのではなく、ほんの少しずつ、何年もかけて与え続けると、ごく自然な形で体が弱く病がちになり、やがて病死いたします。されば、毒殺を疑われることはございませぬ」

「医師の目にもわからぬというのか？」

「並の医師では、おそらくわからぬかと」

「わからぬか」

「猛毒であれば、一滴二滴にても効果が表れましょうが、微弱な毒では効果が表れるのにときがかかります」

桐野はそこで一旦言葉を止め、更に続けた。

「それに、日頃から腐ったようなものばかり食べさせるという手もございます。幼子などが対象の場合は効果がございます。幼子に毒を用いれば、即日死んでしまいます故——」

「何れにしても、気の遠くなるような話ではないか」

桐野の言葉を遮《さえぎ》るように三郎兵衛は言い、なお言い継ぐ。

「いますぐ殺したいからこその暗殺ではないか。それほどの長いときを要しては意味がないのではないか？」

「それが、そうでもないのでございます。たとえ長いときがかかっても、誰にも疑われることなく確実に殺すことが望ましい場合がございます」

「どのような場合だ？」

「たとえば、大名家のお世継ぎを亡き者にしようという際、すぐに毒殺すれば犯人は忽《たちま》ち特定されましょう」

「確かに、大名家の世嗣が毒殺されれば、誰が下手人《げしゆにん》かにかかわらず御家騒動と見なされ、処分は免れぬな。最悪の場合はお取り潰しだ」

「なればこそ、じっくりとときをかけて自然死に見せかけるのが上策なのでございます」

「なるほど」

三郎兵衛は納得した。

「そういう手を使われますと、実際、我らお庭番の目が行き届かぬことも少なくないのでございます」

「十年二十年とかかるのであれば、何れお庭番も代替わりするであろうしな」

「御意《ぎょい》」

「それでお前は、その密書の内容が、斯様《かよう》な長期計画と関わりあると思うのか？」

「あの折、成瀬正幸の密書は、五家の、他の四家の主人に送られる筈でございました。それは間違いございません」

「残りの一通が、小七郎の所持していたこの書状ですが、果たして何処に届ける筈だったのか。もし、誰かが拾って保管したのだとしても、何故突然古本屋の本の中から発見されたのか。……妙でございます」

「妙なのはお前のほうだ」

という言葉を、三郎兵衛は辛うじて呑み込んだ。

「持ち主が、書状を挟んだことを忘れて売りに出してしまっただけのことではないのか」

「かもしれませぬ。ですが、本の持ち主は、何故この書状を所持していたのか、気になります」

「それで、本の売り主が何処の誰か、調べはついたのか？」

「はい。市ケ谷仲之町《いちがやなかのちょう》に住む中根《なかね》という旗本でございました」

「中根市之丞《いちのじょう》か？」

「はい。御前はご存じでございますか」

「会うたことはないが、阿呆だという噂は聞いておる。一度、叔父だという男から推挙を頼まれたこともある。どうということもない無役の旗本だ。だいそれた望みがあるとも思えぬ」

「本を売りに出しましたのも、ただの小金稼ぎのためだったようでございます」

「水滸伝など、巷《ちまた》に数多く出回っていようから、まとめて売ったとて、たいした金にもなるまい」

「そもそも、貰い物らしゅうございます」

「誰から貰ったのだ？」

「懇意にしている商家の主人から貰ったそうでございます。……確か、日本橋堀江《にほんばしほりえ》町《ちょう》の紙問屋で桔梗屋《ききょうや》とか」

「商家の主人から書物を貰うとは珍しいのう」

「ともあれ、中根市之丞に本を贈った商人のことを調べたいと存じます」

話が横道に逸れることを嫌い、桐野は強引に元に戻した。

「儂にはよくわからんが、何故そちは、それほどその書状に拘《こだわ》るのだ？」

「………」

「まこと、なんらかの陰謀がいまも続いていると信じておるのか？」

「わかりませぬ」

「なんだと？」

「しかとはわかりませぬが、しかし……」

「正気か、そちは？　公儀お庭番が、しかとわかりもせぬ曖昧なことのために動くのか？」

三郎兵衛に鋭く指摘されると、桐野は流石《さすが》に言葉を無くした。

自分でも、愚かなことをしているという自覚はあるのだろう。

しばし口を噤《つぐ》んだ後に、

「気に…なるのでございます」

毒でも呷《あお》ったかと思うほど苦しげな様子で桐野は言い、今度は三郎兵衛が言葉を失った。

（矢張り尋常ではないな）

とは思うものの、すぐには叱責する言葉も制止する言葉も思い浮かばない。

（賢《さか》しらなこやつに言い聞かせるにはどうしたものか）

三郎兵衛は懸命に思案した。

長い思案のはじまりであった。

第一章　季節はずれの怪談

一

「ああ、そんなところへ置くんじゃない。五目並べではないのだぞ」

三郎兵衛に言われて、勘九郎《かんくろう》は慌てて打つ手を引っ込める。

盤面は、まだ三分の一くらいしか埋まってはいない。実力差があるため予《あらかじ》め幾つか石を並べておく置き碁をしてすら、そうである。どこへ打っても三郎兵衛にダメ出しされるため、一向に進まないのだ。

（だから、いやだったんだよ）

勘九郎は内心ボヤくが、表面は神妙な顔で碁盤に向かう。

盤面を睨み、少し考えてから全く別の置き石のほうへ置こうとすると、

「儂が教えたこと、何一つわかっておらんようだな、このぼんくらがッ」

更に三郎兵衛の叱責が下された。

縁先で碁を打つには恰度《ちょうど》よい陽気だが、季節柄、暮六ツにはすっかり日が暮れる。既に、日没まで、あと一刻といったところだった。

「暇なら少し相手をせい」

と三郎兵衛に誘われ、碁盤の前に座ってみたが、勘九郎はどうにもこの遊戯が苦手であった。

碁も将棋も、幼い頃から三郎兵衛に手ほどきをうけたが、劇的な展開が望める将棋に比べると比較的動きの少ない（気がする）囲碁を、勘九郎はあまり好きにはなれなかった。

「武家の子なれば、いま少しまともな碁を打てるようになれ」

という三郎兵衛の口癖も、また苦手であった。

三郎兵衛の中では、碁は武士の嗜《たしな》みだが、将棋は庶民の遊戯であるという厳然たる線引きがなされているようであった。

そんな三郎兵衛の押しつけも含めて、子供の頃から、勘九郎の苦手意識は変わっていない。

「せめて定石《じょうせき》くらい覚えろ」

三郎兵衛がいくら繰り返し言い聞かせても、勘九郎は一向に覚えようとはしなかった。

定石などという窮屈な鋳型を覚えねば上達できぬものなら、別にできなくていい、と思った。

それ故、日頃は祖父の碁の相手など滅多にしない。

だが、このところ何事もなく安穏な日々を過ごしていたせいか、二人とも、あまりに暇を持て余し過ぎていた。

「相変わらず、なにもわかっておらぬのう」

初手から文句を言われたが、我慢した。たまには祖父孝行でもしてやろう、という程度の軽い気持ちであった。

が、それにも限界があった。

「ああ〜もう、わかんねえよ」

遂に業《ごう》を煮やした勘九郎は、摑んだ黒石を荒々しく碁盤の上に投げ捨てつつ言った。

「将棋なら兎《と》も角《かく》、碁ってやつは、いくら教わってもさっぱりわからねえよ。面白くもねえしな」

「将棋など、市井《しせい》の無頼の徒が好むものだ。ときには金など賭けたりしてな。……侍のたしなみは古来より囲碁と決まっておる」

三郎兵衛は憮然としていたが、はじめから勘九郎にはなんの期待もしていなかったようで、すぐに傍《かたわ》らの膳を引き寄せ、手酌で飲みはじめた。

そもそも勘九郎が相手をしなければ、一人碁でもしながら縁先で昼酒を楽しむつもりで用意していたのだ。

「そんなことより、祖父《じい》さん、知ってるか？」

勘九郎は勘九郎で、即座に話題を変えてゆく。本当は、暢気に碁を打ちあいながら話すつもりだったのだろう。

「なんだ？」

「近頃江戸市中でよく聞く噂だよ」

すると勘九郎は俄《にわか》に生気を取り戻し、嬉々として話し出す。

「どうせ、くだらぬ与太話であろう」

「決めつけんなよ。そのくだらねえ与太話で、いまや江戸の町はもちきりなんだぜ」

「だから、どんな与太話なのだ」

「何処ぞの大名家でお手討ちになった奥女中の幽霊が、夜な夜なお屋敷のまわりを徘徊するんだってよ。小石川《こいしかわ》界隈じゃ有名な話なんだぜ。屋敷の中じゃなくて外を徘徊するもんだから、目撃者も一人や二人じゃねえんだってさ」

「何処の、なんという大名家だ？」

「それは……はっきり何処とはわからねえが、小石川界隈の大名屋敷の何処かって聞いたぜ」

三郎兵衛の問いに、大いに身を乗り出し気味に勘九郎は応える。

「小石川界隈で有名な大名屋敷といえば、水戸様の上屋敷か加賀中納言《かがちゅうなごん》様の上屋敷だが、どちらもあり得ぬな」

「なんでだよ？」

「御三家の一つと百万石の大々名だぞ。お屋敷がどれほどの広さか知っておるのか？」

「知らねえけど……」

「どちらも、奥女中の幽霊が外塀を一周するあいだに夜が明けてしまいそうな広さだということだ」

「じゃあ、そこじゃねえんだろうよ」

「ならば、一体何処だというのだ？」

「…………」

「具体的に何処の大名屋敷かわからず、ただ漠然と幽霊を見た者がいるなどというのは、噂話の中でもかなり劣悪なほうだぞ。よくそんな話を鵜呑みにできたものだな」

問い詰められた勘九郎は忽《たちま》ち言葉に詰まり、三郎兵衛は甚《はなは》だあきれ声を出した。

「ったく、くだらぬ噂ばかり聞き込んできおって。次左衛門《じざえもん》と気が合いそうじゃな、豎子《こぞう》」

三郎兵衛は激しく舌打ちをしてその話を切りあげるつもりだったが、次の瞬間、勘九郎にとっては意外な味方が現れた。

「その噂、それがしも耳にいたしましたぞ、若」

新しい膳を手にした黒兵衛《くろべえ》が、三郎兵衛の居間に入ってくるなり、二人の話に割り入ったのだ。

勘九郎は思いがけぬ援軍に歓び、忽ち目を輝かせる。

「そうだろ、黒爺《じい》。もう何度も読売《よみうり》のネタにもなってんだ。いま江戸でこの話を知らなきゃ余程の田舎もんだよ。……で、黒爺は何処のなんて大名だって聞いたんだ？」

「それがしは、青木甲斐守《あおきかいのかみ》様の上屋敷だと聞いておりますぞ、麻布《あざぶ》の——」

「青木？　誰だ、それは？」

うっかり聞き返しそうになるのを三郎兵衛は間際で堪《こら》え、

「だからなんだと言うんだ。季節はずれの怪談など、益々益体《やくたい》もないわ」

どうにか不機嫌な声を出すことに成功したが、残念ながら勘九郎の援軍はもう一人いたのである。

「それが、益体もない噂話の域を、既に超えているのでございます」

例によって何処から来たのか、静かに縁先へ降り立ちながら桐野は言い、降り立つと即ちその場に跪《ひざまず》いて三郎兵衛の言葉を待った。

「桐野！」

勘九郎の満面に忽ち喜色が滲《にじ》む。

「桐野も聞いたのか？」

「甚だ剣呑な話でございます」

「どういう意味だ？」

唐突な桐野の登場に内心動揺しつつも、さあらぬ体《てい》で三郎兵衛は問い返した。

「実際に幽霊を目撃したという者の数はあまりにも多く、最早《もはや》ただの噂話ではすみそうにありませぬ」

いつもの口調で桐野は答え、三郎兵衛は更に問い返す。

「噂話ですまねば、一体どうなるというのだ？」

「たとえ大名家といえども、ご詮議は免れませぬ。実際に、さしたる理由もなく奥女中を手討ちにしたとなれば、上様は見過ごしになされませぬ」

「上様のお耳にも入っておるのか？」

三郎兵衛はさすがに顔色を変えた。

「いまはまだ。……ですが、このままでは時間の問題かと」

「…………」

「上様は、存外巷《ちまた》の噂話がお好きでございます故――」

桐野の言葉に、三郎兵衛はしばし口を噤《つぐ》んで思案した。

子供騙《だま》しの噂にしても、江戸じゅうに広まっているというのが事実であれば、確かに問題だ。目撃者の数が一人や二人ではないというのも気にかかる。

「面倒なことになったのう」

三郎兵衛は思わず呟き、桐野を見た。

そういうことがあるから、目安箱の投書にはある程度の吟味が必要なのだ。だが、如何に吟味を重《かさ》ねようと、入るべくして上様の耳に入ってしまう噂もある。

そうなれば上様は、大目付も目付も通さず、直接お庭番に探索を命じるだろう。もとより桐野もそれを案じている。

「どうする？」

「先ずは噂の真偽を調べます。大名屋敷が特定されていないのは、特定できぬ理由があってのことかと思われます」

「なんだ、その理由とは？」

「幽霊は、或いは複数の屋敷まわりに出現しているのではございますまいか？」

「なるほど」

「それ故、慎重に調べを進めねばなりませぬ。ついては若をお貸しいただけますでしょうか」

「豎子を？」

三郎兵衛は訝《いぶか》った。

勘九郎のほうからしゃしゃり出るなら兎も角、桐野から勘九郎を名指しするとは不可解である。

「豎子がなんの役に立つ？」

「少々考えがございます」

「おう、俺ならなんでも手伝うぜ、桐野」

勘九郎は忽ち色めき立ったが、そこへ、

「いけませぬ！」

黒兵衛がすかさず割り入った。

「若に危ない真似をさせてはなりませぬ」

「別に危ねえことなんてなんにもねえよなぁ、桐野？」

「はい、間違っても、若の身に危険が及ぶことはございませぬ」

「わかりませぬ。桐野殿は二枚舌でござる故」

「おい、桐野に失礼なこと言うんじゃやねえよ、黒爺」

「かまいませぬ、若。若は松波《まつなみ》家の御継嗣《ごけいし》、斎藤《さいとう》殿のご心配もよくわかります」

「けど、そんなこと言ってたら、なんにもできねえだろうが」

「できれば、なにもしないでいただきたい」

「うるせえよ。黒爺は黙ってろよ」

「…………」

三郎兵衛は黙ってぼんやり彼らのやりとりを聞いていた。

桐野は途中から口を噤んでいるが、その怜悧な瞳には一体なにを映しているのか。

三郎兵衛にははかりかねるが、思案があるという以上、黙って任せておくべきだろう。少なくとも、三郎兵衛の不利益になることはない筈だ。

これまで一度として間違った例《ためし》がないというが、先日二十年前に失った密書とやらが市中で発見され、ひどく狼狽《うろた》えていたのは寧《むし》ろ三郎兵衛にとって意外であった。

己の過去の失態を気に病み、しばらくはあれこれ単独で調べていたようだが、三郎兵衛が言葉を尽くして説得したため、いまは目が覚めたに違いない。

(元々冷静な人間だ。ひとたび頭を冷やせば、最早迷うこともあるまい)

改めて思ってから、三郎兵衛は漸《ようや》く重い口を開いた。

「桐野の思うとおりにせよ」

「大殿《おおとの》！」

黒兵衛は咄嗟に非難の声をあげたが、

「さすが、祖父さんは話が早い」

勘九郎の歓喜の言葉に忽ち掻き消された。

二

「全然人けがねえな」

静まり返って鳥の鳴き声一つせぬ夜道を行きながら、勘九郎は低く呟いた。

もう一刻以上も、歩いているだろうか。

時刻は既に三更《さんこう》（午前〇時）過ぎ。それでなくても、屋敷街の夜は早い。

すぐ隣を歩いている筈の桐野の気配すらふと消えてしまいそうになるほど心細い静けさだった。月も星も見えない真闇の中、桐野は足音も吐息も完全に消している。

「なあ、ホントにこうやって歩いてるだけでいいのか？」

心細さが極みに達すると、勘九郎はつい口に出してしまう。

「もう一周してみて何事も起こらねば、場所を移しましょう」

事も無げに桐野は応える。

勘九郎に課せられた桐野からの依頼は、ただ大名屋敷の周りを桐野とともに歩くことだった。

「歩くだけ？」

「はい」

「ただ、歩くだけなのか？」

「歩いて、幽霊を見つけまする」

「見つけてどうする？」

「どういうつもりで、夜な夜な大名屋敷のまわりを歩きまわるのか、詰問いたします」

「幽霊を、詰問するの？」

問い返しつつも、勘九郎はこのとき、桐野が、幽霊を幽霊とは思っていないことを確信した。

「厳しく詰問いたします」

答える桐野の唇辺《くちべ》は僅かに弛《ゆる》んでいた。

（そりゃあそうだよな。桐野が本気で幽霊捜しなんぞするわけがねえ）

それは勘九郎にもわかっていた。

桐野が動くということは、そこになんらかの陰謀の気配が潜んでいるということだ。であるならば、どんな形であれ、桐野の助けになりたい。

手はじめは先ず、黒兵衛の言っていた青木甲斐守の上屋敷であった。

青木甲斐守は、摂津麻田藩《せっつあさだ》一万石の藩主で、当代当主の名は一都《かずくに》という。いまから四年前の元文《げんぶん》元年に藩主の座に就いたばかりの若き領主であった。特に悪い噂は聞かないが、まだ二十代の若さであれば、ついカッとなって、腰元をお手討ちにしてしまうことも、全くあり得ぬとは言い切れない。

青木甲斐守の上屋敷は、一万石という低石高に相応《ふさわ》しく、高禄の旗本屋敷と比べてどちらが広いかといった大きさであった。

通りに面しているのは正面だけで、あとは他の武家屋敷に隣接している。なので、屋敷周りの距離はさほどでもなく、往復するのに半刻とはかからない。ゆっくりと二往復ほどしたが、桐野が求めるものは得られなかったようだ。四更《しこう》過ぎのこの時刻では当然だろう。

「今宵現れぬからといって、全く可能性がないとも言い切れませぬが、まだ、夜が明けるまでときがあります故、いま少し別の屋敷もまわってみますか」

桐野の口調は、まるで物見遊山を楽しむ閑人《ひまじん》のようであった。

噂の幽霊を目撃するのが目的だということは察せられるものの、同道するのが何故勘九郎でなければならぬのか、その理由がわからない。

桐野から名指しで頼まれれば二つ返事で引き受ける勘九郎ではあるものの、せめて納得できる理由くらいは教えてほしい。

教えて欲しいが、自分からは恐くて訊けない。もしその答えが、堂神《どうがみ》や仁王丸《におうまる》がいまは身近にいないから、という程度のものだったら、と想像しているからに相違ない。

「どうなされました、若？」

「あ、いや、別に……」

「このような真似は、馬鹿馬鹿しいと思われまするか？」

「いや、別に思わねえよ」

「一見、馬鹿馬鹿しいように思える行いにも、意味はございます」

「わかってるよ。だから、馬鹿馬鹿しいなんて思ってねえよ」

「この界隈の大名屋敷はそう多くはございませぬ」

「あ、ああ……」

「こちらの角を左へ行きます」

桐野に促されるまま、次に足を向けたのは、白金《しろがね》にある松平讃岐守《まつだいらさぬきのかみ》の下屋敷であった。讃岐高松《たかまつ》藩十二万石の領主にして、御三家水戸家の御家門《ごかもん》である。

「祖父さんが言ったとおり、でけえな」

「さりながら、御家門の下屋敷は、ほぼ江戸詰の家臣らの住まいでございます」

「殿様は住んでねえんだ？」

「庭の景観が素晴らしいため、殿様の参勤中には茶会など催されることが多いらしゅうございます」

「でも、殿様が住んでねえんじゃ、殿様に怨みのある幽霊は来ねえんじゃねえか」

「ですが、噂によれば、ただ漠然と大名屋敷のまわりを徘徊する女中の幽霊が目撃されている、というだけで、上屋敷か下屋敷かという指定はございませぬ」

「そういえば、そうだな」

一万石の小大名と違い、大身《たいしん》の御家門は下屋敷といえども贅沢である。広さは、最前の青木家の上屋敷の三倍くらいありそうだった。

「…………」

ふと、勘九郎の足が無意識に止まった。
一、二町先に、白い人影が見える。
白く見えるのは浴衣《ゆかた》か襦袢《じゆばん》か、兎に角白いものを身につけているからだろう。髪は長く腰まで垂れているが、闇の中では辛うじて白い衣裳が認められるだけだから、それが男か女かまでは判別できない。

「おい、桐野――」

「捕らえましょう」

言うや否や、桐野は自ら先に立って走り出す。

桐野の本気の走りには到底及ばぬが、及ばぬながら、勘九郎も懸命に走った。

しかし、二人に姿を見られ、走り寄られることを察した白い人影は裾《すそ》をふわりと翻《ひるがえ》しながら、常人とは思えぬ速さで走り去る。

(矢張り、ただの幽霊ではないな)

確信とともに苦笑しながらも、桐野は途中で追うのを諦めた。

肝要なのは、捕らえることではなくあくまで確かめることだ。

「い、行かせて…いい…のか、桐野？」

追うのを諦めた桐野に、漸く追いついた勘九郎が切れ切れの息で問う。

「かまいませぬ。……次に行きまする」

「次？」

「次の屋敷でございます」

「でも、幽霊はいまの屋敷に……」

「幽霊は、一人とは限りませぬ」

「え？」

「正確には、噂の出所が一つの大名屋敷とは限らぬ、ということでございます」

「なんか、よくわかんねえけど、次の屋敷へ行くんだな」

勘九郎は仕方なく桐野に随った。

桐野が次に向かったのは、同じく御家門の松平右京亮《うきょうのすけ》の中屋敷で、目の前が松平丹後守《たんごのかみ》の上屋敷。更に近くには、水戸殿の宏大な中屋敷があった。

「このあたりはお屋敷が多いので、幽霊の出る確率も高くなりまする」

と静かに述べた桐野の顔は淡く微笑《ほほえ》んでいた。

勘九郎が未だにドキッとしてしまう、謎めいて美しい笑顔である。

桐野は、自らの気配を完全に消しているくせに、勘九郎に対してはそれを要求しない。勘九郎にはそれが解せない。

せめて幽霊と出会うまでは、勘九郎も気配を消していたほうがよいのではないか。

「どうなされました、若？」

だが桐野は、勘九郎が黙り込むと逆に問いかけてきたりする。

「こうして、ただ歩いているだけでは退屈でございますか？」

「別に、退屈ってことはねえけど……」

「なんでしょうか？」

「桐野と一緒にここを歩くの、別に俺じゃなくてもいいんじゃねえの？」

勘九郎は遂に堪えきれなくなり、思っていたことを口にした。

「どういう意味でございます？」

桐野は真顔で聞き返す。

「たとえば堂神とか……」

「この時刻に、堂神を連れてお屋敷町を歩きたいとは思いませぬな。それに、あやつには、このところ《千里眼《せんりがん》》を使わせ過ぎました故、しばらく休養させねばなりませぬ」

「休養って……《千里眼》の術って、そんなに消耗するの？」

「人知人力を超えた異能の術には、人の身にては堪え難い負荷がかかります。堂神は少々鈍いところがあるので平然としておりますが、並の者であれば、何処かで気を失い、そのまま野垂れ死にしていてもおかしくありませぬ」

「そうなのか？……大変なんだな」

勘九郎は手放しで感心した。

堂神の術のすべてを信用しているわけではないが、桐野の口から語られることには不思議な説得力がある。

「それ故、湯治客の中に怪しい者がおらぬか探れ、と命じて箱根《はこね》の湯へ行かせました」

「だったら、仁王丸は？　いまじゃお前の言いなりだし、俺よりは遥かに役に立つだろ」

「如何に私に従順であろうと、あのような危険な者、側《そば》におく気にはなれませぬ」

「桐野はそうでも、向こうはそうは思わないだろ。隙あらば、桐野の近くにいたいに決まってるよ」

勘九郎はついむきになる。

ずっと、桐野から敬遠されているとばかり思っていたところに、突然のこの嬉しい展開で、少しばかりはしゃぎすぎていたのかもしれない。

「若は一体なにが仰有《おっしゃ》りたいのでございます？」

苦笑気味に桐野が問い返したのはそれを鋭く指摘してのことだが、むきになった勘九郎には通じない。

「なにがって、そりゃあ、仁王丸が如何に恐るべき変態野郎かってことだよ」

「左様。あれは、いってみれば化け物でございます。……幽霊と出会うのに、化け物を連れては行けませせぬ」

感情剝き出しの勘九郎の言葉を制するように桐野は言い、言いながら、ふと闇に目を向けた。

なにかの気配を感じ取ったのだろうか。勘九郎も桐野を真似て闇に目を向けてみたが、なにも感じられなかった。

「…………」

桐野は言葉を止め、しばしそちらに視線をやっていたが、すぐに興味が失せたのか、

「今宵はもう幽霊には出会えぬかもしれませぬなあ」

勘九郎に向かって、というよりは少し離れたところにいる誰かに聞かせるような音量で言い、目顔で勘九郎を促した。

(桐野の狙いは幽霊じゃねえのかな)

漠然と勘九郎は察したが、敢えて口には出さなかった。

おそらく、害にはならない尾行者がいるのだろう。だが、それは勘九郎には知る必要のないことだ。

それから二人は、本多中務大輔《ほんだなかつかさたいふ》の中屋敷、阿部伊予守《あべいよのかみ》の中屋敷まで足を延ばしたが、結局なんの成果も得られなかった。

結局その夜再び幽霊の姿を見かけることはなかったのである。

「次の新月は十日後ですが、その前に闇夜になることがあるようでしたら、またおつき合い願います」

と桐野は言い、その夜は去った。

(桐野は、幽霊は闇夜の晩にしか出ねえって、決めてんだな)

勘九郎はぼんやり思ったが、格別奇異とも感じなかった。桐野の考えがわからずとも、支障はない。

その三日後、天候の加減で闇夜になった。


「この界隈の大名屋敷はもう殆どまわったぜ。また同じところをまわるのか?」

二度目の幽霊捜しのとき、勘九郎は既にそのことに飽きはじめていた。

闇夜であるから、当然周囲の景色などはなにも見えない。どこを歩いても、結局同じ暗闇の道だ。話しかければ、桐野は答えてくれるものの、同じ状況も二度続けば有難味は薄れる。

「同じところを、何度でもまわります」

事も無げに桐野は言い、勘九郎は内心閉口した。

「祖父さんの言うとおり、さすがに幽霊もそろそろ季節はずれじゃねえのかな」

憎まれ口にも聞こえる勘九郎の言葉には桐野は答えず、唇を僅かに弛めて微笑していた。

前回とほぼ同じところを、二人は再び歩いた。

桐野が完全に己の気配を消し、勘九郎は何も気にせず歩いた。

「なあ、幽霊の正体、お前にはもうわかってんだろ？」

「さあ……」

沈黙に耐えかねた勘九郎の問いに、桐野は曖昧に首を振る。

「だったら、闇夜にしか出ねえとか、幽霊は一人とは限らねえとか、なんでそんなに決めつけられんだよ」

「なんとなく、そう思うただけでございますよ」

桐野は曖昧に応えたが、もとより勘九郎は納得しない。

「いや、違うね。お前にはもういろんなことがわかってんだ。わかってるから、確かめたいだけなんだろ」

「なにをでございます？」

「え？」

「私が、なにを確かめると言うのでございます？」

「だ、だから、幽霊の正体が何処の誰か、とか」

「それを突き止めるのはさすがに至難の業でございます」

「でも、ある程度見当はついてるんだろ？」

「見当がついていれば、若にこんな馬鹿馬鹿しいことをお願いしておりませぬよ」

「…………」

相変わらず謎めいた桐野の微笑と言葉に、勘九郎は言葉を失うしかなかった。

小石川界隈の大名屋敷の数にも限りがある。忽ち二周目三周目となる。

だが、桐野のすることには須《すべから》く意味がある。同じところを何度も歩くのも、なにか目的があってのことなのだ。勘九郎は懸命に己を納得させようとした。

松平飛騨守《ひだのかみ》の上屋敷と榊原式部大輔《さかきばらしきぶのたいふ》の下屋敷とのあいだの通りを横切ろうとしていたとき、不意に、風を感じた。

剣呑な殺気を孕んだ血腥《ちなまぐさ》い風である。

「若」

「わかってるよ」

桐野に促されずとも、こういう際の身の処し方くらいはわかっているつもりだった。

即ち、不意の襲撃者に対する対処法である。

勘九郎はやや低く腰を沈め、鯉口《こいぐち》を切った。

最初の襲撃者が間合いに入るのを待たず、自ら踏み出しざまに刀を抜き放つ――。

ざがッ、

抜き放ちざまの勘九郎の切っ尖が、その者の左脾腹から右肩までを鋭く抉った。

激しく爆《は》ぜる血飛沫《ちしぶき》が静まるのを待って、とどめを刺す。

しばし呼吸を整え、風の吹き来る方向を見定める。無論闇夜であるから、なにも見えない。感じ取るのだ。

次の敵が来るのを、今度はゆっくりとその場で待つ――。

敵の数はざっと十数名。おそらく、十名以上は桐野が片づけるだろう。

無理をせずとも、己は桐野が取りこぼした奴だけ片づければいい、と思っている。

尤《もっと》も、敵の狙いが勘九郎であり、一時にドッと複数で殺到されれば、そうも言っていられないが。

「…………」

そうも言っていられない事態が、唐突に勘九郎の身に訪れた。即ち、五人の黒装束が、一度に勘九郎を襲ったのである。

（おい、嘘だろ）

内心激しく動揺しつつも、身を捻って左右から来る敵を躱し、躱しざま、刀を大きく左右に薙ぐ。前後の敵二人がともに頸動脈を斬られ、瞬時に絶命した。

問題は五人目の敵だ。

刀を薙いで無防備となった勘九郎の背中を狙うべく、ひと呼吸遅れて殺到する——。

(俺が標的なのか?!)

五人目の刺客《しかく》の切っ尖を避けようとすれば、前へ跳ぶか身を捻るしかないが、背後から迫る敵に、勘九郎の動きは丸見えだ。

(くそッ)

勘九郎は仕方なく咄嗟に身を反転させた。

当然勘九郎の体は刺客のほうに向き、不意の凶刃を、正面でまともに受け止めることになる。

「ぐぁッ」

だがそいつは、次の瞬間、血反吐《へど》を吐いてその場に頽《くずお》れた。桐野の忍び刀が、背後から鋭くそいつを貫いていた。

「桐野、すまねえ」

「いいえ。若を危ない目にはお遭わせしないと言うておきながら、申し訳ございませぬ」

言いつつ、桐野が小さく頭を下げたのは、すべてが終わったからに相違なかった。

「残りは？」

「あえて三人ほど逃がしました」

という桐野の言葉で、勘九郎はすべてを覚った。

すべては桐野の狙いどおり。

幽霊の裏で幽霊を操る者をあぶり出す。すべてはそのための行動だった。狡賢《ずるがしこ》い狐《きつね》を呼び寄せるためには、桐野のような手練の忍びだけでは都合が悪かった。無防備で隙だらけの勘九郎こそが、望ましかったのだろう。

(やっぱり、腕を見込まれてのことじゃなかったか)

多少の落胆はあったものの、僅かでも桐野の助けになれたのであればそれでいい、と勘九郎は思い、思うことで満足した。

三

「どうなった？」

桐野を見て小さく頭を下げた若いお庭番に向かって、顔色を変えずに桐野は問うた。

「あの堂に逃げ込んでから、既に一刻以上が経っております」

と彼が指差す先に、半ば枯れ朽ちたような小さな社《やしろ》がある。長年風雨に曝されて、最早なにが祀られていたかも定かでない。

女郎屋の建ち並ぶ華やかな仲町《なかちょう》から少し外れれば、狐狸《こり》の住み処《か》のような鬱蒼たる樹林だ。実際、狐狸以外の獣も棲んでいるに違いない。

如何に栄えているように見えても、大木戸《おおきど》外の内藤新宿《ないとうしんじゅく》とはそんなところだ。

「逃げたのは三人だったな？」

「はい、確かに三人です」

答えたのはもう一人の若いお庭番だ。

彼らは、かつての堂神のように桐野の指導を仰ぐ存在だ。もとより、桐野に命じられるまま務めを果たす。

勘九郎を襲った刺客のうち、二、三人をわざと逃がすから、何処までも追って行き先を突き止めろ、という桐野の命を、彼らは能く果たした。もとより、その社の中に、逃げた刺客がいまも息を潜めて隠れていれば、の話だが。

「まこと、一刻経つか？」

静かな声音で桐野は念を押す。

「桐野様にお知らせしてから再びここに戻るまでに、約半刻かかっております。……奴らがあそこに逃げ込んだのはおそらく一刻ほど前かと――」

「なるほど」

桐野は納得した。

判断力も悪くない。このまま経験を積ませれば、よいお庭番になるだろう。

思った瞬間、目の前の社から轟音とともに不意に激しい火柱があがった。

「しまった!」

桐野の体はほぼ無意識に反応し、社から少し離れた樹林のほうへ跳んでいた。

爆発は目眩《めくら》まし。社が燃え上がったときには、既に中の者たちの脱出は完了している。それが忍びのやり方だ。

「寛七《かんしち》は私とともに。然三《ぜんぞう》は色街のほうへ行け。逃すなッ」

跳ぶ直前に短く命じることを忘れてはいない。

幸い桐野は、すぐに社から飛び出した刺客の一人を発見することができた。一旦樹林の中に逃げ込み、追っ手の目を眩ましてから木戸の中に入るつもりだろう。

それ故桐野は通常尾行する際の倍以上の距離をとって刺客のあとを追った。こちらの尾行に気づかれないためだ。

「こんなに離れて大丈夫ですか？」

桐野とともに来た寛七は不安げに問うてきたが、

「離れて追えねば意味がない」

桐野は冷ややかに言い放った。

果たして然三のほうは一人で務めが果たせたか。もし果たせるようなら、大いに見込みがあるが、期待はしていなかった。

そのため、無理を承知の上で人通りの多いほうへ行かせた。

おそらく、人通りの多いへほうへ逃げた刺客は既に姿を変えている筈だ。それを見抜くことができれば多少は見どころがある。

三人が、二手――或いは三手に分かれて逃げるであろうことは予め予想していたから、社を抜け出た刺客たちがどの方向へ逃げるかを、桐野はある程度予測していた。

分かれるからには、彼らがそれぞれ全くの別方向へ行くであろうことも。

突然の爆発には少々面食らったが、すべては桐野の掌の上で起こっていることだった。

桐野が追っていた男は、桐野らに追われていることを知ってか知らずか、わざとゆっくり遠まわりをして大木戸をくぐった。

「私はやることがある。ここからは一人で行け」

大木戸をくぐってしばらく行ったところで、桐野は寛七に別れを告げた。

「くれぐれも、これ以上距離を詰めるなよ。これ以上近づけば尾行に気づかれる」

「はい」

寛七は素直に頷いたが、不安は拭えぬ様子であった。


「それで、忍びと思しき刺客共は、結局何処へ去ったと？」

報告に来た桐野に対して、さほど興味のなさそうな顔を三郎兵衛は向けた。

興味を示そうにも、事があまりに曖昧でとりとめがなさ過ぎた。

「生き残った三人の刺客は、一旦大木戸の外まで逃げ、しばし内藤にとどまった後、再び御府内に舞い戻り、紆余曲折を経ていまは吉原《なか》に潜伏しております。なかなかに慎重な連中でございます」

「なるほど、尾行者を完全に撒くまでは雇い主のもとへは戻らぬというわけだな」

「御意《ぎょい》」

「伊賀者なのか？」

「わかりませぬ」

「わからぬ？　そちにもわからぬことがあるのか？」

「確かに忍びの技は身につけておりますが、伊賀者かと言われると、少々違うようにも思われます」

「では一体何者だ？」

「わかりませぬが、おそらく、敵は内藤で我らを撒くつもりだったのでしょう。派手に火柱をあげて我らの目を引き付け、そのあいだに三手に分かれて逃げました」

「ふうむ。……だが、そこまで手の込んだ真似をして、敵は一体なにがしたいのだ？」

「わかりませぬ。ですが、あぶないところでございました。我が手の者はまだ新参者にて、遠巻きの尾行にも慣れておらず……」

「撒かれたのか？」

「たまたま近くにいた仁王丸に助けられたようでございます」

「仁王丸？」

「はい。たまたま――」

「なるほど。たまたま、のう――」

「背後に、余程の切れ者がついていると思われます」

含みのある三郎兵衛の言葉を遮るため、すかさず被せるように桐野は言った。

三郎兵衛の前ではなるべく仁王丸の名を出したくないが、それ以上に嘘をつきたくない。たとえ意味のない嘘でも三郎兵衛は容易に見抜く。つまらぬ嘘から、信用を失いたくはなかった。

「で、お前はどう思うのだ、桐野？」

「吉原に潜伏中の者をこのまま見張ったとしても、或いは無駄かもしれませぬ」

桐野はあっさり首を振った。

そもそも追跡を新参者に任せている時点で、その線からの探索にあまり期待を寄せていなかったのかもしれない。

「では、どうする？」

「…………」

「もう一度、勘九郎に大名屋敷のまわりをうろつかせるか？」

三郎兵衛の問いには幾ばくかの揶揄も含まれている。

もとより、三郎兵衛には桐野の意図がはじめからわかっていた。勘九郎のような面白半分に首を突っ込みたがる若造はこういう際実に便利だ。黙っていても、囮《おとり》の役目を見事に演じてくれる。

桐野の意図がわかっていても、三郎兵衛がそれを許したのは、桐野がついている限り、勘九郎の身に危険は及ばぬという全幅の信頼があってのことだ。

その上で、三郎兵衛は桐野の計画にはじめから無理があると感じていた。

先ず、相手の正体があまりにも不可解過ぎる。

敵が、なんらかの目的があって噂を広めさせていることはわかる。だが、幽霊の噂がたったことで誰が得をし、一体誰が損をするのかが、さっぱりわからない。

人は、なんの目的もなく無意味な真似はせぬものだ。

だとすれば、故意に幽霊を徘徊させている者の目的は一体なんなのだ。

しかも幽霊は、一つの大名屋敷だけでなく、複数の屋敷のまわりで目撃されている、という。

現時点では、目的もその正体も、謎すぎる。だからこそ桐野は、兎に角黒幕の正体から探ろうとしたのかもしれないが。

「幽霊は、しばらく姿を消した後、また別のところに現れるかもしれませぬ」

「なに？」

「小石川は手はじめで、次はもっと大名屋敷の多い界隈に場所を移すかもしれませぬ」

「何故そう思う？」

「なんとなく、そんな気がいたしまして……」

いつもと違う曖昧な桐野の口調に、三郎兵衛は奇異を覚えた。矢張りいつもの桐野とはなにかが違っている。

桐野はしばし言葉を止め、なにか考え込む様子であった。

「どうした、桐野？」

「………」

「一体何を考えている？」

「御前は『白虹貫日《はっこうかんじつ》』をご存じでしょうか」

唐突すぎる桐野の言葉に内心驚きつつも、

「『白虹《ひ》日を貫《つらぬ》く』……かつて荆軻《けいか》が秦《しん》王暗殺に向かう際に見たという不吉の予兆だ。転じて、謀叛の起こる前兆ともいわれる」

三郎兵衛は静かに応じ、桐野を見返す。

桐野の面上には僅かの変化も見られない。少なくとも、表面上は——。

「では御前は、実際に白い虹が日を貫くのをご覧になったことがありますか？」

「あるわけがなかろう」

「私は…あります」

「なに？」

「いまより二十年前、会津《あいづ》の御蔵入《おくらいり》騒動の折に、白い虹が日を貫くさまをこの目で見ております。……実に不思議な光景でございました」

「だが、御蔵入騒動は百姓一揆ではないか。……御公儀に逆らったという意味では謀叛といえぬこともないが」

「私も、当時『白虹貫日』が意味するものは御蔵入騒動のことだろうとばかり思うておりました」

「違うというのか？」

「例の……五通の密書が犬山の成瀬正幸から発せられましたのもまた、同じ年でございました」

「五通の密書？……お前、まだそんなことを言っておるのか」

「二十年のときを経て、五通目の密書が見つかりましたのも、到底偶然とは思えませぬ。しかも、梁山泊に百八人の仲間が集うという物語の中から……」

「だが、成瀬正幸は既に隠居の身だ」

三郎兵衛の言葉に、さしもの桐野も口を噤んだ。事実である。成瀬正幸は享保《きょうほう》十七年に家督を長男の正泰《まさもと》に譲っていた。

「陰謀の主《ぬし》は最早なんの実権ももたぬ」

「ですが、あの折届かなかった筈の五通目の密書が見つかったのでございます」

「……………」

三郎兵衛は無言で桐野の顔に見入った。

会津御蔵入騒動は、享保五年十月、約八百人の百姓が南会津の田島《たじま》代官所に押し寄せたことを切っ掛けとして、やがて江戸の勘定方の裁定を仰ぐまでに発展した百姓一揆である。会津御蔵入騒動、或いは五万石騒動、南山《みなみやま》一揆などとも呼ばれる。

当時は各地に飢饉が多発したため、それに伴い、当然一揆も多発している。

だが、所詮一揆は一揆だ。発生当初は勢いがあっても、有能な指導者を持たぬ烏合《うごう》の衆などすぐに失速して鎮圧される。到底、世の中を一変させるほどの騒ぎにはなり得ない。

一方、白い虹が太陽を貫くとき、即ち兵乱が生じて謀叛人が主君を害し、天下に大乱が起きる、とされている。

とはいえ、《白虹貫日》は、所詮異常気象の一つに過ぎない。

古来より、虹もまた凶兆と言われてきた。それが雨も降らぬ白昼に見られたとなれば、凶兆中の凶兆と思われても仕方ない。尤も、なかなか見ることのできぬ不思議な現象であるため、逆に吉兆とする向きもないとはいえないが。

(こやつ、一体どうしてしまったのだ)

三郎兵衛は呆れる思いで桐野の顔に見入っていたが、特におかしな様子は見られなかった。いつもの桐野の、思慮深く怜悧な顔つきである。

だが、言っていることはどう考えてもおかしい。三郎兵衛に叱責され、二十年前の密書の件からは手を引いたものと思っていたが、どうやら違っていたようだ。三郎兵衛の叱責など屁とも思わず、ただただ己の考えにとらわれている。

「御前は、私がどうかしているとお考えかもしれませぬが――」

桐野がふと目を上げて三郎兵衛を熟視した。

「決してあり得ぬことではございませぬ」

「…………」

「いえ、あり得ぬことであれば、それでもよいのでございます。何事もなくことを収めるのが我らの役目でございます。……ですが、万に一つも可能性がある場合には、徹底的に調べあげ、凶兆の芽を摘まねばなりませぬ」

桐野の表情にも言葉つきにも僅かの迷いも見られなかった。その迷いのなさが、三郎兵衛には寧《むし》ろ恐かった。

四

一陣の風が深い草中をかき分け、激しく戦《そよ》がせて去る。

市中を吹く風はそうでもないが、郊外の山間《やまあい》を吹き抜ける風はすっかり晩秋のものであった。

(ちょうど、いまくらいの季節だった)

己らしくもない感慨を、桐野は無意識に自嘲した。

(御前の言われるとおりかもしれない)

確かに己はどうかしているのかもしれない。二十年前の密書がいまなお何処かの誰かを動かす力を秘めているなどという妄想、いつもの桐野であれば、自ら笑いとばしていたであろう。

だが、小七郎という若者を目の前で死なせたという悔恨とともに、あの折の口惜しさをどうしても拭いさることができない。

（だが、それだけではない）

断じて悔恨だけではない。

お庭番としての桐野の勘が、確かめるべきだと強く主張している。

（なにもかもただの偶然で、すべては私の思い過ごしであれば、それでよいのだ）

三郎兵衛に述べたと同じ言葉をもう一度己の中で反芻してから、桐野はふと足を止めた。

もうあと何歩かで雑木林が尽きる。

既に陽は暮れ落ち、行く手にも闇がひろがっている。

桐野はその場で小さく振り向いた。

「貴様、頼みもせぬのにまだこそこそ私のあとを尾行《つ》けているのか」

「申し訳ございませぬ」

闇からうっそりと姿を現し、桐野との間合いの外でピタリと足を止めながら仁王丸は言い、恭《うやうや》しく頭を下げる。

「ですが、それがしがおれば、桐野様のお役にたてることは間違いございませぬ。……現に、あの半人前どもだけでは、ものの見事に撒かれておりましたぞ」

「…………」

「なにも悪さは致しませぬ故、お側で見守ることはお許しくださいませ」

細身の黒袴の裾を脚絆で巻き、黒の小袖に黒革の袖無し羽織という武芸者風の装いがあまり似合っていない仁王丸を、桐野は無言で熟視した。痩せぎすなので、武芸者よりは学者とか医者の装いのほうが似合うだろうとは思うが、口には出さない。

人の心を操る術に長けた仁王丸だが、それは、彼我《ひが》の間合いに入ってこそできる技だということを、なんとなく桐野は察した。それ故、一歩でも間合いに踏み込めば即ち殺す、と言ってある。

仁王丸はその言いつけを律義に守っていた。

桐野に対する敬慕が、更に深まっている証拠である。

「で、なにかわかったのか？」

「ええ、わかりましたよ、桐野様」

勢い込んで応えながら、間合いに踏み込もうとする仁王丸に向かって、桐野はすかさず飛刀《ひとう》を構えて見せる。

「あ、申し訳ありませぬ、つい……」

焦った仁王丸は慌てて数歩後退《あとずさ》ってから、

「あの者たち……いま吉原の河岸見世にしけ込んでる奴らは、根来衆《ねごろしゅう》の末裔でございます」

　再び恭しく頭を垂れながら告げた。

「根来衆？」

「はい。元和の昔、成瀬家の祖である成瀬正成《まさなり》に仕え、彼の家の鉄砲隊となりました」

「だが、いまはもう、忍び働きはしていまい」

　さほど興味もなさそうな顔つきで桐野は応じる。

　根来衆の発祥の地とされる根来寺は紀州にあり、薬込め役の祖も根来衆だとされる向きもある。しかし、桐野の知る根来衆はあくまで鉄砲の技を能くする者たちで、忍びの印象はあまりなかった。

「それが……何事にも例外はございまして」

　仁王丸は口許を弛めて微妙な表情になる。一見困惑しているようにも見えるが、実は笑っているらしい。

「どういう意味だ？」

「鉄砲隊の他にも、代々養われている者たちがいたようでございます」

「成瀬家が、代々忍び働きの者たちを養ってきた、ということか？」

「なるほど。奴らの技、忍びには違いないが、伊賀者とは似て非なるものがあると思うた。……根来衆であったか」

桐野はふと口許を弛めて淡く微笑んだ。

それがわかったからといって、特段の驚きはない。

「だが、亡霊のような根来衆を使って、成瀬家の当主は一体なにをするつもりだ？」

「陰謀の主《ぬし》は、本当に成瀬隼人正《はやとのしょう》なのでしょうか？」

「どういう意味だ？」

「例の、水滸伝七十一回を、中根という旗本に贈った紙問屋の桔梗屋は、元々尾張家の御用を務める者でした」

顔色を変えずに仁王丸は告げたが、桐野の表情は僅かに変わる。

「尾張家の？　ならば、家老の成瀬とて満更知らぬ間柄ではあるまい」

「それは……そうかもしれませぬが」

「なんだ。含みのある言い方だな」

「それが、桔梗屋が江戸に店を出したのがいまから五年ほど前のことで、それ以前は何処でなにをしていたのか、知る者が殆どいないのでございます」

「御意」

「尾張家の御用を務めていたというのはどこから調べた？」

「それは、まあ……それがしも、二十年来江戸で商いしておりましたので、その頃の伝《つて》がまだまだ使えますもので……」

仁王丸が曖昧に言葉を濁したのは、その大切な商売を潰したのが桐野にほかならぬためだ。謂わば、桐野に対する忖度《そんたく》であった。

が、桐野は一向に悪びれない。

「そうか、貴様は二十年来堅気の商人であったな。……その裏で極悪非道な盗っ人もしていたわけだが」

歯牙にもかけぬ口調で言い、桐野は無意識に朗らかな笑顔になった。

仁王丸が、思わず見蕩《みと》れてしばし言葉を失うほどに美しい笑顔だ。言葉を失うとともに、心ここにあらざる状態となった仁王丸はついふらふらと間合いに踏み込みそうになり、

「殺すぞ」

桐野に厳しく威嚇され、辛うじて間際で足を止めた。桐野の手中にある忍び刀が、あと数寸でも進めば急所を貫く寸前だった。いやでも止まらねばならなかった。

「しかし、そういう伝があるのは有り難い」

仁王丸を威嚇した同じ口で桐野は言い、再び視線をあらぬ方向に移した。

「ならば、もっと詳しく調べてもらわねばなるまいな」

「もとより、調べまする」

さも嬉しげに仁王丸は答えた。

「それで、根来衆の得意とする技は？」

「え？」

「無論、鉄砲以外で、だ」

「それを、いまお尋ねになりますか？」

桐野の意図を覚った仁王丸が、皮肉な笑みを口辺に滲ませる。

「一応、事前に知っておいたほうがよかろう。私とて、わざわざこんなところまで物見遊山に来たわけではない」

「確かに。…たとえすぐに知ることであろうと、予め知っておいたほうがようございますな」

仁王丸は更に唇を歪めて述べた。

これ以上ないくらい、邪悪な笑顔であった。

「根来衆の――あやつらの得意技は、毒にございます。刃にはほぼ毒が塗られていると思うてくだされ」

言いざま仁王丸は高く跳躍した。

「毒使いか。では今後は解毒薬を持ち歩かねばならぬな」

答えた桐野もまたその場から高く跳躍し、三間も先へ――。

音もなく群がってきた敵の頭上を跳び越え、瞬時に敵の背後へまわり込んだのだ。

複数の敵と対さねばならぬ場合、本来唯一の味方と離れて戦うべきではない。互いの背中を庇って戦うのが常道だが、仁王丸とだけはそれをしたくない。

(毒使いとは厄介な)

涼しげな外見と裏腹、桐野の心中は沈鬱であった。

沈鬱なままに、向かってくる敵を瞬時に三人、絶命させた。続けて、もう二人。更に三人――。

合計八人を葬ったところで、桐野は忍び刀の血を拭って元に納めた。残りの敵は、仁王丸が片づけるだろう。

「奴らが毒を使う輩《やから》だということを、お前は以前から知っていたのか?」

すべての敵を葬った後、市中へと戻る道すがらで桐野は仁王丸に問うた。

「それは……」

仁王丸は当然口ごもる。

「その様子では、知っていたな」

「…………」

「毒を使う輩だということを知っていながら、何故事前に知らせなんだッ」

桐野は珍しく感情も露わに叱責した。

こうなるともう、仁王丸は言い逃れることができない。

「なにも知らぬ若に、あのような輩を近づけて、もし取り返しのつかぬことになっていたら……」

激しい怒りで、桐野はとうとう言葉を失う。

「申し訳ございませぬ」

仁王丸は素直に詫びて、殊勝げに頭を下げたが、本当に申し訳なく思っているかどうかは定かでない。

少なくとも桐野は、

（絶対に思っていないだろう）

ということを確信していた。

桐野を偏愛すること甚だしい仁王丸にとって、勘九郎や堂神のような存在は即ち邪魔者でしかない。機会があれば排除してやろうと目論んでいるであろうことは想像に難くなかった。

（おのれ、はじめから企んだな）

桐野は己の中のその確信に対して激昂した。一見仁王丸に怒りをぶつけているようで、実は桐野は己自身に怒っている。

仁王丸が邪悪な男であることははじめからわかっていた筈だ。それを承知で己の側近くにおいたのは桐野である。

いまになって悔いたところでもう遅い。

（矢張り、この男は、いつか私の手で殺さねばならぬ）

との思いを強めたところで、漸く桐野は心を静めた。

一方、本来の美貌が怒りによって夜叉《やしゃ》とも見えるそんな表情を、もとより仁王丸は歓んでいる。仁王丸が最も愛する冷酷な桐野の貌だからだ。まさか、近い将来己を殺す決意を固めてのこととは夢にも思っていない。

「いますぐ意のままにできるお前の配下は如何ほどおる、仁王丸？」

つと、顔つきも口調も平素に戻った桐野が仁王丸に背中を向けつつ問うた。

「いますぐということですと、せいぜい五、六人ですか」

「全員江戸におるのか？」

「はい」

「では、江戸以外の土地にはどれほどおる？」

「江戸以外から掻き集めますれば、二、三十人ほどにはなるかと――」

「例の盗っ人一味か？」

「はい。《黒霧党《くろきりとう》》でございます。《黒霧党》では、なにか問題がございますか」

「いや、ない。すぐに呼び寄せろ」

「え？」

「全員江戸に呼び寄せろ、と言ったのだ」

「あの、それは……」

「言ったとおりだ。お前の配下の伊賀者を、全員江戸に呼び寄せるのだ」

「いつまでに？」

「なるべく早くだ」

ことなもげに桐野は言い、ふと足を止めて仁王丸を顧みた。

「逆に聞くが、いつまでになら呼び寄せられる？」

「あ、その……殆どが上方《かみがた》におります故、どれほど急いでも四、五日はかかりますかと」

「遅い」

桐野は忽ち不機嫌な顔になる。

「上方から江戸まで、四、五日もかかってどうする。それでも伊賀者か？」

「…………」

「三日で呼び寄せろ」

「いえ、し、しかし、それは……」

仁王丸が慌てて言い募ろうとする顔を、

「できねば私の配下をやめてもらう」

冷酷な夜叉の目で見据えながら桐野は言った。

「よいな？」

「はい……かしこまりました」

仁王丸は仕方なく肯き、虚ろな目で桐野を見返した。

「私の配下を呼び集めて、どうするのでございますか？」

とは、到底問い返せなかった。

もし問い返せば、

「愚かな問いを発するのであれば、いますぐ私の配下をやめろ」

と言われそうで、ひたすら怖かった。

第二章　根来衆《ねごろしゅう》

一

その日は屋敷を一歩出たときから、常に視線を感じていた。

慣れているので、三郎兵衛は特段なんとも思わない。刺客《しかく》か、ただの監視者かは、別にどちらでもよかった。

殺気が感じられるかどうかも、この際どちらでもよかった。はじめから殺気がだだ漏れの状態で来る者は未熟すぎるが、どんなに上手に隠している者でも、どうせ得物に手をかけた瞬間多かれ少なかれ殺気が漏れる。

要するに、早いか遅いかの問題だ。

しかし、そのとき膚《はだ》で感じた視線を、三郎兵衛はさほど危険なものとは感じなかった。だから、すぐに忘れた。

三郎兵衛は、この日も含めて、このところ四日続けて登城している。

平素、芙蓉之間《ふようのま》のぬしの如く終日詰めている稲生正武《いのうまさたけ》が、どういうつもりか風邪などひいて臥せったのである。

「留守をお願いしてもよろしいでしょうか。お頼みできるのは松波様しかございませぬ」

という些《いささ》か大袈裟な稲生正武からの使者に、

「仕方がないな」

思いきりいやな顔をしつつも、三郎兵衛は請け負った。恩を売っておいて損はない相手だ。

にしても、一人で過ごす芙蓉之間は存外広い。

いつもは稲生正武という話し相手がいるのでさほど退屈しないが、一人きりで終日詰めているのはさぞ退屈なことだろうと覚悟していた。

「これは松波様、本日はお一人でございまするか」

「ああ、一人だ。お前、茶坊主ならば、なにか気のきいた噺《はなし》でもせい」

「はて、当代一の物知りで知られた松波様に一体なんの噺をせよと仰せにございます」

「なんでもよいわ。昨夜は夕餉になにを食べた？」

「昨夜は、秋刀魚《さんま》でございます」

「なんだ。よいものを食べておるではないか」

「今年は豊漁だそうで、安くもとめられます」

「そうか。では我が家も明日は秋刀魚にしようかのう」

だが、茶を運んできた茶坊主を相手にくだらぬ無駄話をしていると、瞬《また》く間にときが過ぎた。

「ところでお前、近頃市中を騒がす大名屋敷の幽霊の話を聞いたことがあるか？」

「ああ、松平讃岐守様のお屋敷のことでございますね。それはもう、大変な評判でございまする」

三郎兵衛が何気なく水を向けると、話し好きの茶坊主は得たりとばかりに口を開く。

「実際に、何人もの者が見たと申しておるそうだな」

「いえ、手前は、松平は松平でも、松平右京亮様のお屋敷だと聞きました。お手討ちになったお女中の名は雪乃《ゆきの》――」

すると横から、別の茶坊主がすかさず口を挟んできた。

「無礼だぞ、少有《しょうゆう》、筑後守《ちくごのかみ》様は我にお尋ねになられたのじゃ」

「申し訳ございませぬ、鵜真《うしん》様」

「まあ、よいではないか。ただの噂話だ。そうむきになるな」

古参の茶坊主と新参の茶坊主のあいだに忽《たちま》ち険悪な空気が流れそうになるのを、三郎兵衛はすかさず止めた。茶坊主同士の勢力争いになど興味はないが、目の前でいやな空気を醸し出されたくはない。

「その、松平讃岐守のほうは、なんという名の侍女なのだ、鵜真？」

「名はわかりませぬが、お手討ちの経緯は聞いております。……確か、殿様の大切にしていた山楽《さんらく》の掛け軸を不注意から破いてしまったとか」

「なに、山楽の掛け軸だと？」

三郎兵衛は思わず目を剝いて問い返す。

山楽といえば、狩野《かのう》山楽。言わずと知れた狩野派の直系だ。仮に掛け軸が存在したとしたら、下手《へた》をすれば低石高の藩を丸々買えるくらいの高額であろう。

「そんなもの、贋作に決まっていよう。贋作を破いたからといってお手討ちになるとは考えられぬ。……それに、松平讃岐守の下屋敷は、確か青木甲斐守の上屋敷の近くだ。幽霊は、寧ろ青木甲斐守の上屋敷に現れたのではないのか」

よどみのない三郎兵衛の言葉に、茶坊主たちはともに言葉を失った。

「そ、そうかも…しれませぬ」

「まことにもって——」

「松波様の仰有《おつしや》るとおりでございます」

「それではこれにて、し、失礼いたしまする」

口々に言いながら、口の軽い二人の茶坊主は去った。


(なんだ、尾行《つ》けてくるわけではないのか)

城門を出てしばし歩を進めると、己を追ってくる気配がないことに、三郎兵衛は寧ろ落胆した。城門を出る際には、確かに視線を感じたのだ。

だが、神田橋御門《かんだばしごもん》を出る頃には、視線すら感じなくなっていた。

(それとも、儂の思い違いか)

思い違いをした、ということにも、落胆した。

その種の思い違いは老いのはじまりだ。我ながら、嫌気がさす。無性にくさくさしたので市中に出ようと思ったが、裃《かみしも》を着けたまま市中を出歩くわけにもいかない。

一旦屋敷に戻り、微行《おしのび》用の平服に着替えてから、改めて市中に出た。

別に、巷《ちまた》の噂を検証しようなどという意図はさらさらなく、ただ、久しぶりに人混みの中を無防備に歩いてみたいと望んだだけだった。

(矢張り見られているのか?)

特に目的もなく広小路を両国橋《りょうごくばし》方面に向かって歩いているとき、三郎兵衛は再び視線を感じた。

が、最早《もはや》気にはかけなかった。そもそも刺客の襲撃など日常茶飯である。

それならそれで、人の迷惑にならぬ場所を探さねばならない。

人混みを更に進むと、視界の中に思わぬ者の姿を見出す。

(あれは……)

藍《あい》色の小袖に同じ色の袴《はかま》、髪を結わず垂《す》べしにし、小太刀を手挟《たばさ》んでいるのは大奥《おおおく》別式女《べっしきめ》の正装である。

(《葵《あおい》》ではないか)

三郎兵衛は、そのとき視界を横切った女の顔に見入ったが、確認できぬまま女は行き過ぎた。

大奥別式女一番組組頭の《葵》こと千鶴《ちづる》とは、その後何度か文のやりとりをした。

ほんの些細な日常のことでも面白可笑しく書いてくるその感覚が気に入って返事を書

いたら、ほどよい間隔をあけてまた文がきた。三郎兵衛もまた、ほどよい間隔で返事を書いた。その返事はまだきていない。

(なんだ。宿下がりの折には顔を見せに参れ、と言っておいたのに……)

少なからず落胆しつつ、三郎兵衛は無意識に女のあとを追おうとした。

(さては、大奥でまたなにか面倒事でも起こったか?)

思うともなく思いながら歩を進めていて、だが三郎兵衛はほどなく、女の姿を完全に見失ったことに気づく。

(見間違いだったかな)

悔しまぎれに思ってまた歩を進めようとしたとき、すぐ背後に気配を察した。察すると同時に愕然とした。如何に敵意も殺気も持たぬ相手とはいえ、すぐ背後に迫られるまで気づかなかったとは、大変な不覚である。

(おのれ、別式女姿の者まで用意して儂の気を逸らすとは……)

三郎兵衛ははじめて脅威をおぼえた。

三郎兵衛を狙うと決めてから、些細なことまで逐一調べあげているのだとしたら、敵は侮れぬ相手だ。焦る三郎兵衛の耳許へ、

「大目付松波筑後守様」

そいつは低く囁いた。

殺気のようなものはなく、危険な空気も感じられない。

「何者だ？」

三郎兵衛は仕方なく誰何《すいか》した。

「根来の源八郎《げんぱちろう》と申します。どうしても松波様のお耳に入れたき儀があり、斯様《かよう》なご無礼を。どうかお許しくださいませ」

「無礼だという弁《わきま》えはあるのか」

極力感情を抑えた声音で三郎兵衛は言い返した。

「用があるなら、真正面から来るべきであろう。それをこそこそと背後にまわるなど、盗っ人の所業だ」

殊更《ことさら》傲岸な言い方をした。

忸怩たる思いは大いにあるが、認めてしまえば余計惨めな気持ちになる。ここは感情を無にしてやり過ごすしかない。

「申し訳ございませぬ」

源八郎の態度は終始物静かで、三郎兵衛に対する敬意に満ちていた。それは三郎兵衛にも通じている。

「その度胸に免じて話は聞こう」

「有り難き幸せに存じます」

根来の源八郎と名乗ったその者は恭《うやうや》しく言い、歩を踏み出した三郎兵衛のあとにピタリとついて来た。

その恭順な態度を見るかぎり、三郎兵衛を何処かへ連れ去ろうなどという不遜な意図がないことは容易に知れる。

「場所は、こちらで決めてよいのか？」

「はい。お心のままに――」

「そのほう、度胸がよいのは認めるが、過ぎればまこと、命を落とすぞ」

三郎兵衛の口許が淡く弛んだ。

源八郎に対する好意の表れに相違なかった。

「もし儂が、そちを我が屋敷に招き、我が手の者にそちを殺すよう命じたならばなんとする？」

「手の者とは、公儀お庭番の桐野殿でございますか？」

「…………」

「なるほど、桐野殿であれば、それがしなど容易《たやす》く殺せましょうな」

源八郎が軽い口調で言い返してきたことに三郎兵衛は少なからず驚いた。

（桐野の知り合いか）

と知った途端、一旦は弛んだ気持ちが忽ち引き締まった。

人知を超えるほどの能力を有する異能の者の知り合いは、当然異能の者であるに違いない。そうと知れれば、源八郎の異様なほどの落ち着きぶりにも合点がゆく。

（又候《またぞろ》いやな奴が来たものだ）

三郎兵衛は内心大いに嘆いたが、さあらぬ体《てい》で足を進めた。

「二十年前のこと、桐野殿からどのようにお聞き及びかは存じませぬが、すべては桐野殿の謀《はかりごと》にございます」

根来の源八郎と名乗った男は、開口一番そう言ってじっと三郎兵衛を見返した。

年の頃は四十半ばから五十がらみ。

左頬に、かなり目立つ刀創《かたなきず》をもち、まずそこに目がいくが、もっとよく見ればなかなかの男前で、創さえなければ桐野にも劣らぬ相当な美形であった。色褪せた小袖に破れ袴《ばかま》、古びて垢染《あかじ》みた羽織に二刀を手挟んでいる。むさ苦しい総髪の感じからしても、長らく浪々の身にある旅の武士といった風情であった。

もとより、初対面の相手と差し向かいの個室に入る気はないから、例によって稲荷《いなり》神社境内の茶店の床几《しょうぎ》に座って相対している。縁日でもなければ境内の人出はそこそこで、人目もそれほどない。

伏兵を用意するにも、急には無理だろう。もし仮に後詰めが来るとしても、その頃には、三郎兵衛は源八郎の話を聞き終わり、彼を質《しち》に取っている。

いまのところ、易々と質に取れそうな気配しか、源八郎からは感じられなかった。

三郎兵衛は源八郎から一旦視線を外すと、

「そのほう、根来の者だと言うが――」

ひと口茶を服してから、

「その割に、そのほうからは、まるで火薬の匂いがせぬな」

先ずそのことを指摘した。

得体の知れぬ相手と、いきなり込み入った話をするつもりはない。

「それがしは、鉄砲組ではございませぬ故」

だが源八郎はあっさり答え、一向に悪びれなかった。

「鉄砲組ではない？」

「はい」

「はて、鉄砲組でない根来衆とは？」

「そういう者も存在いたします」

「そういう者とは？」

「ご覧のとおりの者でございます」

言葉を継ぐ源八郎の面上に三郎兵衛は再び視線を戻し、しばし無言で見据えていた。見たところ、冗談を言ったり過剰なはったりをきかせたりするような者には見えない。物腰や口調を見る限り、どちらかといえば生真面目で実直な気性と見えた。

こういう者には、如何なる外連《けれん》も通用しない。

(なにを言っても無駄か)

三郎兵衛はそれ以上の詮索を諦めた。

「で、二十年前のこととは一体なんの話だ。儂も暇ではないので、くだらぬ戯言《ざれごと》ならば中座させてもらうぞ」

「戯言ではありませぬ」

とわざわざ断ってから、源八郎は述べる。

「これは、既に桐野殿からお聞き及びのことと存じますが、二十年前、彼の者は、我が主人《あるじ》・成瀬隼人正《はやとのしょう》から、五家の当主に宛てて書かれた五通の書状を奪い取り、謀叛の証《あかし》として質にいたしました」

「なんのために？」

「知れたこと、ありもしない謀叛をでっちあげ、これを未然に防いだことにし、すべてを己の手柄とするためでございます」

「だが、そちの申すように、すべてが事実無根だとするならば、書状はなんの証にもなるまい」

三郎兵衛は即座に言い切ったが、

「いいえ、言いがかりの材料としては充分でございます。現に主人は、当時の大目付から厳しい詮議をうけました」

静かな口調ながらも、源八郎は執拗であった。

「これぞ桐野殿の狙いにほかなりませぬ。すべてを己の手柄とするために……」

バカ丁寧な口調で、同じ内容を繰り返す。

悪いが三郎兵衛は、それを鬱陶しく感じた。明るい女の無邪気なお喋りなら兎《と》も角《かく》、男の執拗なお喋りほど、この世に無用の長物はない。

「黙れ！」

と一喝したい気持ちを、三郎兵衛は懸命に堪えた。己は、物静かな相手に怒りを掻き立てられるほど狭量な人間ではない。

「詮議はうけたかもしれぬが、特段の処分をうけたわけではあるまい」

「詮議をうけただけで充分でございます。おかげで当家は、五家の面目をつぶしたことになり、それ以後他の四家の風下に立たされる羽目に陥りました」

源八郎の口調に、僅かながら憤慨がこめられる。

「確かに、桐野から聞いた話とはかなり違うのう」

仕方なく、三郎兵衛は言い返した。

「桐野殿の話はすべて偽りでございます。主人は謀叛など企んではおりませなんだ」

「そちの言うことが真実で、桐野が偽りを申していると言うのか？」

「御意《ぎょい》」

「この儂に、それを信じろと？」

「信じるも信じぬも、それが事実でございます」

「何故だ？」

「は？」

「何故、これまで浅からぬ誼《よしみ》を通じてきた桐野を疑い、初対面のそちの言うことを信じねばならぬ?」

「………」

「戯言は大概にせい」

「ごもっともでございます、筑後守様」

一言のもとにはねつけた三郎兵衛に向かって、ニコリともせずに源八郎は言い、

「ですが、真実は真実なのですから、仕方ありませぬ」

懲りずにまた同じ言葉を繰り返す。

「そればかりか桐野殿は、二十年経ったいまも、謀叛の計画がいまなお続いているとかなんとか、戯言をほざいておるようでございます」

「………」

「それこそ、太平の世を乱そうとする妖言にほかなりませぬ」

あまりにも自信に満ちた口ぶりの源八郎を、三郎兵衛はまじまじと熟視した。

(こやつ、正気か?)

と疑ったが、残念ながら、三郎兵衛を真っ直ぐ見返すその目には僅かの狂気も見受けられなかった。

「そのほう、桐野とは、なにかいわくがあるのか?」

「…………」

「図星か」

「それがしは、桐野殿を中傷しているわけではございませぬ」

漸《ようや》く三郎兵衛の言わんとするところに気づいて源八郎は否定したが、

「ならば、そこまでだ、源八郎」

三郎兵衛は鋭く言い放った。

最早僅かも付け入る余地のない強い語気だった。

「あとはもう、聞くまでもなかろう。そちは己の言うことこそ真実であると主張し、儂は信じぬと言い続ける。不毛じゃ」

次いで、自らゆっくりと腰を上げる。

「お待ちください、筑後守様――」

源八郎は慌ててその場に跪《ひざまず》き、言い募った。

「いま少し、お時間を――」

「無用だ」

「どうか、いましばし……」

「儂もそれほど暇ではないのだ」

「…………」

だが、三郎兵衛の言葉つきが叱責ではなく、寧ろ慈愛に満ちていたことに、源八郎も気づいたのだろう。容易く言葉を失った。

「そちの、その少しも悪びれぬ大胆さに免じて、一応話は聞いた。信じるか信じぬかは、儂の勝手だ」

言い捨てて、背を向ける。

そのまま立ち去るつもりだったが、数歩行ってからふと足を止め、

「くれぐれも、手の者をさし向けるような無粋な真似はするでないぞ。でないと、儂はそちに失望することになる」

更に強い語調で背中から言い、そして再び歩を進めた。

まだ敵かどうかはわからぬが、厄介な者が現れた。

最前広小路で、明らかに別式女を模した者を用意し、三郎兵衛の意識をそちらに向けさせた。それができたのは、三郎兵衛の周辺を徹底的に調べあげていたからこそだろう。そう思うと、忌々《いまいま》しくてならないが、隙を見せてしまったのは三郎兵衛の落度だ。誰を責めるわけにもいかない。

(あのような者に手玉に取られるとは、儂も老いたものよ)

三郎兵衛は自嘲した。

自らを嗤《わら》うことで、辛うじて屈辱に耐えた。

広小路の人混みなど飽き飽きしている筈なのに、三郎兵衛の足は無意識にそちらへ向けられていた。

人波に揉まれて無心になれば、少しは気も紛れる。それから、馴染みの蕎麦屋にでも行って、抜きで一、二合ひっかけるうちには、どうにか立ち直れるだろう。

二

「根来の、源八郎でございますか？」

意外にも桐野は、怪訝そうな顔で聞き返してきた。

「一向に、存じませぬが」

「知らぬのか？」

三郎兵衛は重ねて問うた。

「はい」

「まことに？」

「存じませぬ。そもそも、根来衆に知り合いはおりませぬ」

桐野は即ち困惑したが、

「だが、向こうはそちをよく知っている様子であったぞ」

知らぬと言われて、三郎兵衛もまた困惑した。

大真面目な桐野の顔を見る限り、到底嘘をついているようには見えない。

そもそも、嘘を吐く理由がない。お庭番となって二十年余、薬込め役の時代も含めれば三十年近くも隠密活動をしている桐野に、根来衆の知り合いくらい、一人や二人いても不思議はない。その存在を隠す必要もない筈だ。そんな桐野がいないと言うからには、本当にいないのだろう。

「その、根来衆の源八郎なる者が、二十年前の密書の件は私の謀であると申したのでございますか？」

「ああ、そう言った」

「どういうことでしょうか？」

「どういうことか、だと？」

三郎兵衛は逆に問い返した。

「儂が問うておるのだぞ」

「申し訳ございませぬ」

桐野は素直に頭を下げた。

なんにせよ、根来衆を名乗る者が三郎兵衛に接触し、あることないこと、告げて去った。桐野にとっては、胡乱《うろん》な者を三郎兵衛に近寄せたというだけで充分慚愧の念にかられていよう。

「なにがあったにせよ、そちと源八郎の問題であろう。……仮にそちが源八郎を知らぬとしてもだ」

「御意」

「然《しか》るに、奴は何故儂に言ってくるのだ」

「わかりませぬ」

桐野は途方に暮れるしかなかった。

根来衆の一人が突然三郎兵衛の前に現れたことさえ寝耳に水なのに、何故と問われてもわかるわけがない。

（一体どうなっているんだ）

問い返したいのは桐野のほうだった。

そもそも根来衆の存在を知ったのも、つい最近のことなのだ。

これまで秘密裡な存在だった筈なのに、わざわざ自ら姿を見せ、二十年前の件に根来衆が関わっていることを匂わせるとはどういうつもりであろう。

途轍もない陰謀の匂いを感じるものの、桐野はそれを口に出すことができない。もしそれを口に出せば、二十年前の謀叛計画に懐疑的な三郎兵衛からは厭な顔をされるのがおちだからだ。

「案じるな、桐野」

ふと、三郎兵衛が書見台から視線を移し、考え込む桐野を真っ直ぐ見据えた。

「源八郎と根来衆が儂を襲うてくることはあるまい」

黙り込んだ桐野が、偏《ひとえ》に三郎兵衛の身の安全を考えているだろうと思ってのことだった。だが、桐野はそれを訝《いぶか》った。

「何故わかります？」

「儂を襲う気であれば、いくらでも機会はあった。だが、奴はそうしなかった。目を見ればわかる。あれは誠実な男だ」

（誠実な？）

期せずして三郎兵衛の口から飛び出した言葉に、桐野は窃《ひそ》かな違和感を覚えた。初対面の相手に使うにしては些か——いや、かなり不適切な言葉である。少なくとも、三郎兵衛らしくない。

「然様《さよう》でございますか」

だが桐野はそれ以上そのことには触れず、三郎兵衛の前を去った。

(奴らの目的は一体なんだ？　御前《ごぜん》か、私か？　それとも両方か？)

突如現れた根来衆の存在に不安を覚えつつも、桐野は早々に松波邸をあとにした。

源八郎に率いられた根来衆が敵にはならぬと三郎兵衛が言う以上、三郎兵衛なりの根拠があってのことだろう。いまはそれを信じるしかない。信じて、松波邸の警護は新参者たちに任せる。

突如姿を現した根来衆の狙いがなんであれ、桐野は桐野で、己の為すべきことを為さねばならない。


元尾張家出入りであったという紙問屋の桔梗屋は、店舗を日本橋堀江町に構え、同じ町内の数軒先に宏大な住居を所持していた。

五年前、忽然と江戸に進出してきて、日本橋という一等地の土地を惜しげもなく買い占めたときには、どこの分限者だろうと皆が噂した。

宏大な住居には、主人の家族と使用人たち、総勢三十名ほどが起居している。

店舗と住居を別にしているのは、盗賊対策のためであろう。店舗と住居が一緒であれば、凶悪な盗賊に入られた場合、一家皆殺しもあり得る。別にしておけば、金を持ち去られるだけですむ、との思案に相違ない。

「驚いたことに、桔梗屋は、住居のほうには、殆ど用心棒を入れておりません」

仁王丸は桐野の耳許に囁く。

まわりに大勢人がいる場合には、間合いに入ることも余儀なし、としている。忍び同士の低声の会話であれば、周囲の耳に入るおそれもない。

「店には？」

「常時十数人からの用心棒を雇い、金蔵を守らせております」

「妙だな」

桔梗屋の向かいにある、この界隈では人気の佃煮屋の広い軒下で買い物客を装いながら、ありふれた浪人姿の桐野は少しく眉を顰《ひそ》めた。

「金蔵は、店のほうにしかないかもしれぬが、あれほどの大店の家族の住まいだ。金目のものはいくらでも置いていよう。無防備だと知られれば、住まいのほうに盗みに入る盗っ人もおろう」

「…………」

「なにかあるな」

　桐野は低く呟いた。

　確かに、店舗にだけ多数の用心棒を常駐させ、住居のほうには一人の用心棒も入れず、ほぼがら空きにしているのは些か異様である。

「用心棒以外で、怪しい者が出入りしている様子は？」

「いまのところ、ございません」

　白髪交じりの丸髷《まるまげ》と檜皮《ひわだ》色の着物で老婆を装う仁王丸は即答し、桐野は少しく首を傾げた。

「桔梗屋の正体は根来衆なのか？」

「わかりませぬ」

　仁王丸は軽く首を振る。

　否定も肯定もしないことに、桐野は寧ろ奇異をおぼえた。

「わからぬ？」

　問い返す桐野の眉が僅かに動く。

「大名屋敷の幽霊騒ぎが根来衆の仕業《しわざ》だとすれば、黒幕は成瀬隼人正だ。二十年前の密書とも結びつく」

己を納得させるため口走りつつも、

(だが、ことはそう単純ではないだろう)

ということを、無論桐野は知っている。

「根来衆の存在を私に教えたのはお前だ。そのお前が、桔梗屋が根来衆であるかないか、何故わからぬ?」

「…………」

「貴様、一体なにを隠している?」

「なにも隠してはおりませぬ」

仁王丸は懸命に訴えた。

「これ以上は、どうかご容赦を。……桔梗屋が尾張様の御用商人だったことは、堅気の頃の伝《つて》を使って知り得たことでございます。……それ以上は、いまはまだなにもわかりませぬ」

交々《こもごも》とした仁王丸の訴えに、どうやら嘘はなさそうだ。

桐野はしばし仁王丸を見据えて思案していたが、ふと問うた。

「お前、桔梗屋の住まいに忍び入ったことはないのか?」

「…………」

仁王丸は答えず口を閉ざしている。答えぬということは、即ち肯定の意にほかなるまい。

「ないのか？」

桐野は少なからず驚いた。

「入ろうとはいたしましたが……」

「どうした？」

「入れませんでした」

「何故だ？」

「それが……実は、桔梗屋の住まいはからくり仕掛けになっておりまして」

「からくり仕掛けだと？」

桐野は再度仁王丸を熟視した。

「だが、家族や使用人は普通に生活しているのであろう？」

「もとより、一見して、普通の者の目にはわからず、日常生活を送るのに支障はありませぬが、外部の者が強引に侵入しようとするときだけ、仕掛けが動きだします」

「然様に都合のよい仕掛けがあるのか？」

「はい。仕掛けは複雑な上にかなり精密で、うっかりすれば命を落としかねませぬ」

「命を？」

「何度か侵入を試みましたのですが……」

「貴様でも難しいのか？」

「はい、残念ながら」

桐野は一旦仁王丸から視線を外し、風に翻《ひるがえ》る青鈍《あおにび》色の桔梗屋の暖簾《のれん》のほうへと目を向けた。

（自宅に、精密なからくりの仕掛けを施しているだと？）

それだけで、桔梗屋が堅気の商人でないことは確定だが、伊賀者の小頭であり、相当な術者である仁王丸の侵入を許さぬほどのからくりとは、果たしてどんなものなのか。

そこまで考えて、桐野は改めて思った。

（桔梗屋とは、一体何者なのだ）

尾張家の御用商人だったという仁王丸の言葉を信じるならば、尾張柳生《やぎゆう》の末裔か、その縁に繋がる者と考えるのが妥当である。

尾張柳生は、いってみれば尾張家のお庭番だ。諜報活動のため、江戸に店を出すのは決して不自然なことではない。

　だが、だとしたら何故仁王丸はそう言わぬのか。本当に見当もついていないのか。

「仕方ない。私が入ってみよう」

「え？」

「桔梗屋の住まいに、だ」

「おやめなされませ！」

　桐野が一瞬たじろいだほど、仁王丸の顔つきと語気は激しかった。

　仁王丸は忽ち顔色を変えた。

「………」

「き、危険でございます！」

「だが、入らねばなにもわからぬ」

「如何に桐野様と雖《いえど》も、あの屋敷ばかりはおやめなされませ」

「仁王丸」

　半ば呆れ、半ば訝りながら、桐野は仁王丸を見返した。

「貴様ほどの者を、それほど恐れさせる仕掛けとは一体なんだ？」

　とは訊かず、桐野はふと口調を改めた。

「それほど私を、あの家に入れたくないのか？」

「はい」

間髪《かんはつ》を容《い》れずに、仁王丸は頷く。

桐野は僅かに唇元《くちもと》を弛めた。

「ならばひとまず、貴様の伝を使って表から入ってみるとするか」

「え？」

「それなら文句あるまい」

「…………」

不敵に言い放つ桐野の顔に、仁王丸は無言で見入った。仁王丸の好きな桐野の顔ではあるが、いまはその自信こそが最大の不安要素であった。

三

「東雲屋《しののめや》さんのご紹介ですか？」

桔梗屋の主人は、そのとき反射的に愛想笑いを浮かべたものの、地味な朽葉色《くちばいろ》の小袖に同じ色の道行を重ねた切り髪の武家の後家を前に、困惑を隠せぬ様子だった。

仁王丸の前身である小間物問屋の東雲屋は、一時大奥の御用を務めたこともある富商とはいえ、倹約令の煽りもあって近年は商売があまり上手《うま》くいっておらず、専《もっぱ》ら、裏稼業の盗っ人《黒霧党》で荒稼ぎしていた。接点が、全くないともいえぬだろうが、それほど親しい間柄というわけではない。

親しくない相手から客を紹介されたということに、先ず彼は困惑した。

桔梗屋の主人・伊三郎《いさぶろう》。

年の頃は五十がらみ。肉づきのよい柔和な顔立ちながらもかなり日焼けしているのは、如何にも一代で財を築いた叩き上げの商人らしい。

だが、実際には商人などではなく、隠密か、或いはもっと危険な者か――。

それくらい隙のない、得体の知れぬ男であった。

「こちらは、先の京都東町奉行《きょうとひがしまち》・向井肥後守《むかいひごのかみ》様のご内室・千代《ちよ》様にございます」

と紹介したのは、七十がらみの供の老女である。

「肥後守様亡き後も、旦那様との思い出多き京の地にてお過ごしなされておられましたが、ご実家の親御様のご希望もあり、此度《こたび》江戸に戻られました」

「では、東雲屋さんとは京で知り合われましたか。……江戸を引き払って上方へ行かれたという噂はまことのようでございまするな」

もっともらしい顔つきで聞き入る様子を見せながら、その実伊三郎の視線は寡婦の白い貌とその四肢をさり気なく追っている。

「千代様にはお子がおられぬため御婚家との縁も切れ、これよりはご実家にて、書の御指南をなされます。ついては、紙を購《あがな》いたいと思いまして——」

「なるほど、左様でございまするか」

要するに、生計をたてるため、書道教室をはじめるということだ。

伊三郎の面上には明らかな侮りと同時に喜色が滲んだ。婚家との縁も切れ、今後は実家の生計も助けねばならぬ。この上なく寄る辺ない憐れな寡婦ではないか。

「かねて東雲屋より、江戸で上質の紙を求めるのであれば、是非こちらでと聞いておりましたので、立ち寄らせていただきました」

「それはそれは……」

伊三郎は目を細め、また改めて、その三十がらみの寡婦を見た。

明らかに、人を品定めする目つきであるが、彼女の切れ長の黒い瞳が濡れたような艶を含んでいることに、伊三郎は心ならずも動揺したようだ。男の欲望を全身でそそるような瞳《め》だと思った。

「よいお方をご紹介いただき、東雲屋さんには足を向けて寝られませんな。それで、紙は如何ほど、いつまでにご用意すればよろしゅうございましょう?」

自分では落ち着いているつもりでいたが、伊三郎の声音は心なしか上ずっているようだった。

「何分《なにぶん》はじめてのことで、斯様な場合、なにをどうすべきか、さっぱりわかりませぬ。逆に、ご教授いただけませぬか？」

すると、それまで老女に任せて自らは一言も発さなかった寡婦が、はじめて口を開いた。耳許で囁かれたら忽ち春情を催してしまいそうな、恐ろしく艶めいた低声であった。

「桐野様」

桔梗屋からの帰途、老女役を務める仁王丸がふと問うた。

桐野と身の丈を揃えるため、巧みに腰を曲げているさまが実に老女らしい。

「なんだ？」

「何故、よりによってそのお姿に？」

「女子《おなご》相手なら、大抵の男は油断するであろう」

「しかし、よりによって寡婦とは……」

「夫を亡くしたばかりの寡婦だ。この世で最も儚い、か弱き存在だ。益々油断する」

「…………」

「似合わぬか？」

「いえ、大変よくお似合いです」

仁王丸は慌てて首を振る。

「桔梗屋はどう思うたかな？」

「え？」

「私に、興味をもったであろうか？」

「それはもう――」

思わずつり込まれて肯きそうになりながら、仁王丸はつと真顔に戻った。

そのときの、桔梗屋の表情がまざまざと脳裡に甦ったのだ。

（あいつ、息を呑んで桐野様を見つめておったな）

仁王丸には、その瞬間の桔梗屋の顔つきが許し難かった。明らかに、性的な興味で異性を見る男の目つきであった。

（桐野様をあんな目で見るとは絶対に許せぬ）

己の性癖を棚に上げて、仁王丸は思った。

桔梗屋の主人・伊三郎が堅気の商人でないことは、ひと目見れば明らかだった。腐って伊賀の小頭である。身ごなしを見れば、同じ忍びでも何処の出身かくらいはわかる。

だから、とりあえず伊賀者でないことだけはわかった。

だが伊賀者でなければ、一体どこの忍びかと聞かれると、はっきり言い切れるだけの自信がない。根来衆の可能性も無論あるが、断言できる根拠はどこにもなかった。

「桐野様は、桔梗屋をどうするおつもりなのですか？」

遂に堪りかねて仁王丸は問うた。

「もとより、色仕掛けで籠絡するつもりだ」

「…………」

「それができれば苦労せぬが、まあ流石《さすが》に無理であろうな」

「何故でございます！」

仁王丸はやや強めに言い返した。

「あやつは、明らかに、桐野様の色香に迷うておりました」

「あれは、見た目以上に冷静な男だ。好色そうに見せかけていたのは世間向けの顔。本性は、奥深くに覆い隠して誰にも覗かせせぬ」

「果たして、そこまでの者でしょうか」

仁王丸は懐疑的だった。

桐野が妙に桔梗屋を買っているようなのが気に食わない。

「それがしには、ただの俗物としか思えませぬが」

「だとしても、あまり迂闊には近づけぬ。暫《しばら》くは見張らせるだけにしよう」

「桐野様」

「その前に、やっておかねばならぬことがあるのだ」

「なんでしょうか？」

「幽霊退治だ」

「え？」

「若と武家屋敷を歩きまわったおかげで、幽霊の動きがなんとなく摑めた。今度こそ、捕らえられよう」

「…………」

「手伝ってくれような、仁王丸？」

「それは…もとより――」

戸惑いつつも、仁王丸は頷いた。

桐野から頼まれて、拒むなどということはあり得なかった。

四

「頭《かしら》」

「源八郎殿」

「お頭」

　大木戸外の隠れ家に戻ると、そこで彼を待っていた三人の配下が口々に呼んで出迎えた。

　それぞれに寛《くつろ》いだ格好でいるから、特段改まることはない。無言で頷いてから、源八郎は彼らの前に胡座《あぐら》をかいた。

「首尾は？　首尾はどうでござった？」

「まあまあといったところだ」

　やや乗り出し気味に問うてくる者に、源八郎はやや眉を顰めつつ答える。

「筑後守は、頭の言うことを信じましたか？」

「いや――」

　次いで、冷静な問いに対しては緩く首を振る。

「さすがに、鵜呑みにさせることはできなかったが……」

実際、三郎兵衛は己でも言うたとおり、源八郎の言葉など一片とて信じてはいまい。

「それ見たことか。腹黒い《蝮《まむし》》が、そう簡単に人の言うことなんぞ信じるわけがない。だから無駄だと言ったんだ」

三人目の無遠慮な言葉が引き金となった。

「だったら、なんのためにあんな手の込んだ真似をしたんだ」

「そうだよ。おいらなんか、広小路のど真ん中で別式女の格好までさせられたんだぜ」

「だいたい、いきなり大目付に話つけるとか、おかしいだろ」

三人は口々に源八郎を批難しはじめた。

「今日信じなかったからといって、この先もずっと信じぬというわけではない」

色めき立つ仲間に向かって、源八郎は静かに述べた。三郎兵衛に向かって話したときと殆ど変わらぬ淡々とした口調である。

「どういう意味だ?」

三人の中で最もぞんざいな口をきく東次《とうじ》が、顔を顰《しか》めて問い返す。

「いってみれば、これは布石だ」

「布石とというものは、いますぐ効果を望めるものではないが、いつか必ず役に立つときがくる」

「布石？」

「本気で言ってるのか？」

東次は、なお不満顔で問い返した。

仲間の中でも最も年嵩で、源八郎とのつき合いも長い。同僚の立場にあった時期も長いため、源八郎に対する言葉つきがぞんざいになるのも無理はなかった。

「頭の策は、勿体ぶった割にはたいしたことのないものが多いからな」

「おい、お頭に失礼じゃないか、東次」

別の一人がすかさず注意するが、東次は一向悪びれなかった。

「だが、本当のことだ」

「やめろ、東次――」

「よい。東次は幼馴染みだ。口が悪いのは承知している」

源八郎は咄嗟に東次を庇ったが、

「源八郎殿は我らの頭だ。如何に幼馴染みと雖《いえど》も、けじめはつけてもらわねば困る」

三人目の男が、それまで自分もあれこれ言っていたにもかかわらず、生真面目な口調で言ったことで、忽ち気まずい空気が流れる。

その空気を払拭するかのように、

「それで、どうなんだよ」

再び東次が、ぞんざいな問いを発した。

「なにがだ？」

「頭の策で、本当に桐野をやれるのかってことだよ。けじめとかなんとかより、そのほうがずっと大事なことなんじゃないのかよ」

「………」

けじめ云々を口にした男は気まずげに口を閉ざすしかなかった。

「あれは化け物だ。まともにやりあっても、到底勝てる気がしねえ」

「ああ、仲間の死骸が増えてくばかりだ」

「だが、桐野は間違いなく、こちらの計画の邪魔になる」

「確かに桐野は厄介だ」

その名をあからさまに口にしながらも、源八郎の口調はなお変わらなかった。たとえ心中深くにどのような思いが湧いていようとも、毛筋ほども見せず、静かに――だが、力強く源八郎は述べる。

「だが、《十全》と言われる桐野にも、弱点はある。……たとえば、松波筑後守とその孫・勘九郎だ」

「そうかな。お前はそう言うが、筑後守は百戦錬磨の強者《つわもの》だぞ」

「筑後守は強者かもしれんが、孫のほうは未熟なひよっこだ。……あの桐野が、必死に護っていた」

「未熟な坊やを、桐野は矢面《やおもて》には出さねえだろう」

「出さないなら、引っ張り出せばよい。……奴らを巧く使えば、必ず桐野を葬ることができるはずだ」

「だといいけどな」

「必ず、そうなる」

まだなにか言い返そうとした東次は、だが源八郎の顔に再度見入った瞬間言葉を失った。

「いや、必ずそうしてみせよう」

言い切った源八郎の面上には、彼が滅多に人には見せぬ鮮やかな笑みが滲んでいた。

日頃、冗談も言わなければ、ろくに無駄口もきかぬ源八郎がそんな笑顔を見せるのは、なにか余程の目論見があるからに相違ない。

東次はそれきり口を噤《つぐ》み、二人の仲間とともに源八郎の前から去った。

こういうときは、彼を一人にするべきだということだけは、長いつき合いだけによくわかっていた。

東次らが去った後、源八郎は隠れ家の自室で横になり、開け放った障子から見える夜空に見入った。

国許にいた頃に見た景色と何ら変わりないようでいて、全く違う。そもそも、見ている己の気持ちが、あの頃とは別人のように違ってしまっている。

丸い月が、まるで手を伸ばせば届きそうなほど近くに見える。無意識に手を伸ばすが、もとより届くはずもない。

(桐野……)

その涼しげな顔を思い浮かべるたび、源八郎の中には激しい憎しみが迸った。

源八郎がそんな思いを抱えて生きてきたことはおろか、おそらく桐野は彼の存在すら知らぬだろう。

相手は、ときには将軍とも直《じか》に口をきくことのできる公儀お庭番。一方己は、地の底を這ってきた虫けら同然の存在だ。同じ忍びでも雲泥の差であった。

（だが、虫けらだからこそ、できることがある。我らのような者こそが世を変えるに相応《ふさわ》しいのだ）

源八郎は思い、睨むように月を見上げた。

白い月の輪の中に、束の間浮かぶ面影がある。愛しい、だが二度とは見《まみ》えることのできぬ面影だ。源八郎はしばしそれを懐かしむ。

（もしお前がいれば……）

思いかけて、だが源八郎は無意識に首を振る。いまは感傷にひたっている場合ではない。

月に浮かぶ面影は、とりあえずいまは胸に秘めておこうと決めた。

五

「例の武家屋敷の幽霊、今度は麻布《あざぶ》のあたりに場所を移したそうでございますぞ、松波様」

稲生正武は例によって訳知り顔に言い、不快げに顰められた三郎兵衛の顔をじっと見返してきた。

見れば見るほど、心の底から腹の立つ顔だ。実直な能吏の顔は表向きで、腹の底に毒を溜め込んだ佞臣《ねいしん》である。

その佞臣は、どこから見ても健康そのものの顔色をしており、到底病みあがりには見えなかった。本当に寝込んでいたのかどうか、甚だ疑問だ。病と称して登城せず、なにをしていたのか、わかったものではない。

「それがどうした？」

それ故三郎兵衛は殊更不機嫌な声で問い返した。

「くだらぬ噂に目の色を変えおって、貴様も我が家の豎子《こぞう》と変わらぬな」

「これはしたり」

だが稲生正武は、意外にも真顔で言葉を返してきた。

「それがしは、興味本位や面白半分で申しておるのではございませぬぞ」

「では、なんだ？」

内心困惑しながら三郎兵衛は問い返す。こういうときの稲生正武はかなり厄介だということを、三郎兵衛は知っている。

「このまま噂が広まり続ければ、何れ《いず》上様のお耳にも届いてしまいます」

「だからなんだ？　市中のくだらぬ噂など、上様はお気になさらぬ」

「何故、そう言い切れます？」

「え？」

　三郎兵衛が思わず戸惑ったほど、稲生正武の語調は強かった。

「上様は、元々巷の噂が大好きなお方でございますぞ。松波様もそれはご存じの筈」

「…………」

「かつて、町火消しが誕生した経緯《いきさつ》は、松波様もご存じでございましょう」

「詳しくは知らぬ」

　三郎兵衛は短く言い返した。できれば、この話題をさっさと切りあげたい。

「『近頃江戸市中に多発する火事はすべて火付けである』という目安箱の投書をお気になさった上様が、お庭番に探索を命じたのが、ことのはじまりでございます」

「お庭番は、見事火付けの下手人《げしゆにん》をつきとめた。町方にも火盗《かとう》にもできなんだのだ。そのおかげで町火消しが誕生し、市中の大火は格段に減った。よいことだ」

「…………」

「此度も、上様から直々《じきじき》の命を受けたお庭番がなにかを探り当てることになる。悪いことではあるまい」

「滅多なことを仰有いますな、松波様」

「なんだ？」

「もし此度のことが切っ掛けとなり、町火消しの如く新しいお役が設けられたりしたら、なんといたします？」

「え？」

「ただでさえ財政難であるのに、この上新しいお役目など設けられては困ります」

「貴様はまた金の心配か」

「当然でございます」

稲生正武は一向悪びれない。

（こやつの心配事は所詮その程度か）

三郎兵衛は心中密かに長嘆息した。

町方も火盗改も、ただ大名家の周囲を徘徊するだけの幽霊の探索などはしない。徘徊幽霊が、火付けなり押し込みなり、なにか悪さを働くようであれば話は別だが。

それ故、得体の知れぬ者の探索はお庭番が行う。

「幽霊の件は、既に桐野が調べはじめておる。あやつならば、じきに解決するだろう」

「だとよいのですが……」

稲生正武の語気からふと勢いが失われたその一瞬を、三郎兵衛は目聡《めざと》くとらえた。目聡くとらえて、すかさず話題を変える。

「ところで次左衛門、二十年前の密書の件を、お前は知っているか？」

「二十年前の密書、でございますか？　はて、如何なる密書でございましょう？」

密書と聞いて、稲生正武の目は忽ち輝きだす。言わずもがな、陰謀の匂いは大好物だ。

「二十年前、尾張家の家老で、犬山藩主の成瀬正幸から、『五家』の当主たちに宛て、同じ内容の書状が全部で五通送られたそうじゃ」

「『五家』というのは、尾張藩家老成瀬家、同じく竹越家、紀州の安藤家・水野家、水戸藩の中山家の『五家』のことでございますな？」

「そうだ」

「ちょっとお待ちくだされ」

「なんだ？」

「書状は、全部で五通送られたのでございまするか？」

「そうじゃ。成瀬正幸が、他の四家の当主に宛てて――」

「勘定が合いませぬ」

稲生正武は更に目を輝かせる。

「成瀬家の当主が他の四家の当主に宛てて書いたのであれば、書状は四通の筈。一通余りまする」

「…………」

「違いまするか？」

稲生正武は得意気に問うてくるが、

「知らぬのであれば、もうよい。忘れろ」

三郎兵衛はにべもなく言ってそっぽを向いた。興味本位の輩《やから》とは、これ以上言葉を交わしたくない。

「ちょっとお待ちくだされ、松波様、知らぬとは申しておりませぬ」

だが、稲生正武は慌てて食い下がった。

その嗅覚のよさには、三郎兵衛も毎回目を見張る。己の利益に繋がりそうな話であれば、絶対に等閑《なおざり》にはしないのが稲生正武という男だ。

「当時、お前はまだ大目付の職にはなかった。知るはずがない」

「大目付の職には就いておらずとも、耳に入ってくる話はいくらでもございます」

「では、五通目の宛先が何処だったのか、お前は知っているのか？」

「五通目の宛先は、尾張様に相違ございませぬ」

「なに？」

三郎兵衛は思わず問い返す。

「当時尾張家にはまだ将軍職への野心が残っていた筈。密書の内容も、おそらく、他の四家に協力を要請するものにほかなりませぬ」

「ちょっと待て、次左衛門、密書を書いたのは尾張家の家老の成瀬だぞ」

「それがなんでございます」

「家老が主君に向かって協力を要請するのか？」

「それが、なにか？」

「一体なんの協力だ」

「ですから、吉宗公を除いて、尾張様を将軍位に就けるための……」

「おかしくないか？」

「なにがおかしいのでございます」

「己が将軍位に就くため、附家老に協力を要請するというならまだわかるが、家老から主君に対して、一体なにを要請するというのだ？」

「……………」

三郎兵衛に指摘され、稲生正武は仕方なく口を閉ざした。

「ときに、当時の大目付は誰だ？」

「存じませぬ」

「なに？」

「いえ、正確には、よくわからないのでございます」

「どういうことだ？　そちにもわからぬことがあるのか？」

「その前年、長らく大目付の職にあられた丹波入道《たんばにゅうどう》こと、仙石丹波守《せんごくたんばのかみ》久尚《ひさなお》殿が退任されましたが、何故か上様はすぐに後任をお決めになられませんでした」

「何故だ？」

「さあ……当時は御改革に手をつけられたばかりで、上様はなにかとお忙しかったのでございましょうが、それとなく大目付の頭数を減らすおつもりでもあられたのかと……」

口ごもりつつ、だが稲生正武は懸命に言葉を継いだ。

「ともあれ、享保十七年に駒木根《こまぎね》政方《まさかた》様が任じられるまで、大目付職は不在でございました」

「なんだと！」

三郎兵衛が忽ち顔色を変えたのは、先日の源八郎の話が頭に残っていたためだ。

「それはまことか、次左衛門？」

「仮にいたとしても、死にかけの老い耄《ぼ》れでございましょう。名ばかりの大目付ですから、実際には機能しておりませぬ」

「………」

享保四年に前職の仙石丹波守が退任してから、およそ十数年間実務を行える大目付職が不在だったのであれば、その翌年に、犬山藩藩主の成瀬正幸が密書の件で大目付の詮議をうけたなどというのは、根も葉もない大嘘ではないか。

（おのれ、嘘吐きは己のほうではないか。とんだ食わせ者めが）

三郎兵衛は内心臍《ほぞ》を嚙んだ。

すると、あれほど誠実そうに見えた源八郎の顔が、忽ち詐欺師のように思えてくる。

（あのような者をうっかり信用しかけるとは、儂もヤキが回ったものよ）

三郎兵衛は自嘲した。

矢張り得体の知れぬ者たちとは関わり合いたくないものだ、と思う一方で、

（仙石丹波守退任の後、何故すぐ後任の大目付を決めなかったのか、上様にお伺いしたいところだが……）

三郎兵衛は思案した。

たったそれだけのために上様に拝謁するのはさすがに畏れ多い。朝方、弓場か馬場へ行けば気軽に顔を合わせることはできるから、雑談のついでに訊ねるのも可能だが、勘のいい吉宗なら、なにか気づくかもしれない。

そもそも、老人のくせに朝が苦手な三郎兵衛が朝稽古の場に顔を見せている時点で奇異に思われるだろう。

(桐野に訊くのも癪《しゃく》に障るが——)

結局そうするしかないことを、三郎兵衛はこのときうっすら予感していた。古い話を人から聞き出すというのは、なかなか厄介なものだ。素人《しろうと》が下手に手を出すと、痛くもない腹を探られることになる。

(あれほど二十年前のことを知りたがっておるのだ。命を下せば歓んで調べるであろう)

ということはわかっていても、三郎兵衛には気が重かった。一度はやめておけ、と止めておいて、今更嗾《けしか》けるのは如何なものか。

もとより、三郎兵衛が気まずく思うほどには、桐野はなんとも思っていないであろうが。

第三章　からくり屋敷

一

「本当に、入るのでございますか？」

そのときになってもなお、仁王丸は躊躇《ためら》う様子を見せた。

ときは丑《うし》の刻過ぎ。

いままさに、《桔梗屋》の住居の外塀に立とうとしたときである。

外から見る限りはよくある豪商の住まいだが、奢侈《しゃし》禁止の風潮を反映してか、庭などいたって簡素である。表の庭に申し訳程度の池が掘られ、その周辺に幾つかの石灯籠が置かれているだけだ。

仁王丸が手に入れた住居の絵図面によると、裏木戸を潜った先には井戸があり、三間ばかり奥へ進むとそこが厨口《くりやぐち》となっている筈だ。

だが、そこから先へは進めたことがないので、仁王丸にもどうなっているかわからない、と言う。

絵図面を見る限りは、厨から先は女中部屋、小僧部屋などがあり、更に行けば家族の住む奥座敷となっている筈だ。

仕掛けは、外から侵入しようとする者に向けてのものだから、建物の中まで侵入してしまえば問題ないだろう、と桐野は考えた。

塀を跳び越え、母屋の中へ侵入するまで、桐野の感覚では瞬《また》きする間のことだ。

ところが、

「それがしは三度忍び入ろうとし、三度とも失敗いたしました」

と仁王丸は言う。

その顔からはすっかり血の気が失せ、到底生身の人間とは思えない。

(何故《なにゆえ》そこまで怯える?)

桐野には寧《むし》ろそれが不可解であった。

とはいえ、仁王丸は術者である。

人の心を操る術には長けているが、身体能力自体はたいしたことがないのかもしれない。それ故、初対面の折には易々と桐野の虜《とりこ》となった。

桐野の面上を僅かに過《よぎ》った危惧の表情から、その心中を読み取ったのだろう。

「では、以前それがしが入りましたところからご案内いたしますので、ついてきていただけますか」

自らを奮い立たせて仁王丸は言った。

桐野は無言で頷いた。次いで、

「頼む」

桐野が短く告げた言葉に、仁王丸は驚くと同時に限りない歓びを覚えた。

(この俺を、信頼してくださっている――)

そう感じた瞬間、仁王丸の五体に無限の力が漲《みなぎ》った。

「塀には絶対手を触れず、跳び越えてくださいませ」

桐野に告げるが早いか、外塀には取り付かずに易々と跳び越えた。

見事な身ごなしだ。どうやら、身体能力に不安はなさそうだった。

「跳び越えたあとは、井戸の縁に取り付いてくだされ」

と仁王丸は言い残した。

桐野は、すぐにはあとを追わず、気配を窺った。

おそらく、住居の周囲をグルリと被《おお》った板塀には、外側から触るとなにかが起こるという仕掛けが施されているに違いない。仁王丸から教示されずとも、それは容易に想像できた。

問題は、果たしてなにが起こるか、ということだ。仁王丸の尋常ではない怯え方を見ていると、どうしてもそれを知りたくなった。

(仮に仕掛けが発動したとしても、仁王丸は生きている。間一髪で逃れられる筈だ)

跳び越える際、桐野はわざと板塀の先端部に触れた。

その途端、
グラッ、
と、激しい地鳴りのような感覚に襲われた。

(なんだ?)

桐野は咄嗟に、塀際に植えられた松の枝に飛び乗った。それくらいしか、身近に自然のものが見当たらなかった。人の手によって作られた物にはどんな仕掛けが施されているかわからないが、自然のものは安全な筈だ。

そのとき——。

ザッ、

ザッ、
ザッ、
ザザザザ……

無数の矢が、桐野をめがけて殺到した。正確には、桐野のいた位置をめがけて、だ。

もとより桐野は、そのときには松の枝上に逃れている。

矢は、桐野のいた場所とその周辺を隙間もなく埋め尽くすように突き刺さって漸《ようや》く止んだ。問題は、矢の飛んでくる方向が一箇所ではなく、全方向からであったことだ。

あれでは、万一逃げ遅れた場合防ぎようがない。

(なんという数だ。せいぜい十矢もあれば命を奪えるだろうに、何故あれほど執拗に攻撃する必要がある？)

尋常とは思えぬほど壮絶な矢の数に内心舌を巻きつつ、桐野は松の枝から跳んで、一気に母屋の屋根上へと移った。

外敵を排除するための仕掛けは、家族の住まうところへは向かない筈だと判断してのことだが、甘かった。

ズッ、
ズズ……

低く、石臼を碾《ひ》くような音が何処かでしたかと思ったら、屋根瓦が生き物のように動き、

じゅーッ、

と肉の焼け焦げるような音とともに、忽《たちま》ち湯気のような白い煙がたちのぼる。

なにか、毒性を持つよくない煙であることは瞬時に知れたから、うっかり吸い込まぬよう、桐野は咄嗟に袖口で口を被った。

（まずい……）

桐野は即ち跳んで元の松の枝に戻った。

やきもきしながら井戸の縁に取り付いていた仁王丸は、たまりかねて一旦地面に降り、そこから高く跳んで塀の外へ出る。仁王丸が一瞬降りた地面には、当然雨の如く矢が降り注ぐ――。

間一髪で塀の外まで跳んだ仁王丸は、

「なにしてるんです、桐野様」

さすがに厳しい表情で苦情を述べた。

「あれほど、それがしの導くとおりに来てください、と言ったじゃないですか」

「貴様の導くとおりに行ったのでは、からくりが動き出すまい」

松の枝から塀の外へと飛び降りざまに桐野は答える。

「どんなからくりなのか、実際に見てみなければ、わかるまい」

困惑気味に桐野は言い、怒りを含んで絶句する仁王丸に、チラッと笑いかけた。

「貴様を怯えさせた仕掛けがどれほどのものか、見てみたかったのだ」

さてははじめから仁王丸の言うことを聞くつもりなどなかったのだろう、とわかっていても、そんな顔を見せられては、怒るに怒れない。

「おかげで、貴様の言いたいことはよくわかった。一旦引き上げて、策を練り直す」

言うなり踵《きびす》を返して走り出す桐野のあとを、仁王丸は仕方なく黙って追った。

（まさか、ここまで本格的だったとはな。……どうりで仁王丸が怯えるわけだ）

桐野は桐野で、内心舌を巻いている。

どこかを押すと壁や扉が開いたり、なにかが飛んでくるというようなからくりは別に珍しくないが、人の動きに合わせて反応する上、ここまで精度のよい仕掛けには桐野もはじめてお目にかかった。

（おそらく、南蛮《なんばん》渡来のからくりだろう）

走りながら、ぼんやりと桐野は察した。

到底、個人で出来得る仕掛けとは思えなかった。

だが、危険を冒した割には、結局、桔梗屋が堅気の商人ではない、ということを再確認しただけで、それ以上のことは何一つわからずじまいであった。

否、寧ろ想像していた以上の強敵だと証明されたことで、益々その正体がわからなくなった、といえるだろう。

南と北の日ヶ窪《ひがくぼ》町《ちょう》界隈には、毛利《もうり》右京亮《うきょうのすけ》の上屋敷をはじめ、小大名家の上屋敷が多い。

毛利邸の向かいが京極《きょうごく》壱岐守《いきのかみ》の上屋敷、毛利邸の両隣りが、それぞれ、小笠原《おがさわら》近江守《おうみのかみ》の上屋敷、内田《うちだ》主殿頭《とのものかみ》の上屋敷といった具合だ。

毛利右京亮の屋敷は、かつて赤穂《あこう》浪士の武林《たけばやし》唯七《ただしち》ら十人がお預けとなり、その後同屋敷で切腹したことから、赤穂浪士贔屓の者たちがいまだに日参することもあるらしいが、さすがに三更《さんこう》過ぎのこの時刻に人《ひと》けはない。

人けがないのも道理、梟《ふくろう》や木菟《みみずく》すらも寝付く頃おいだろう。

「この時刻、如何に人けがないとはいえ、幽霊の扮装のままで隠れ家から出てきたりはしないだろう」

「と言いますと？」

「どこか近くで着替えて出てくるに決まっていよう」

仁王丸の短い問いに、桐野も早口で短く答える。

「では、何処で着替えを？」

「この先の緑地に、屑拾いのための番小屋がある。しばし潜んで、幽霊の扮装をするには手頃な場所だ」

「なるほど――」

「小石川のときもそうだったが、近くに身を隠す場所のない、長い一本道ではいざというときの逃げ場があるまい」

「ということは？」

「曲がり道が多く、身を隠すための樹木や辻行灯《つじあんどん》なども多いところだ」

それから桐野はゆっくりとときをかけ、それらの上屋敷の周辺を歩いた。このあたりは緑も多く、身を隠す場所には事欠かない。

「おりませせぬな」

「私ばかり見ていないで、もっとよく、まわりを見ろ」

桐野に鋭く叱責され、仁王丸は改めて闇に目を凝らした。

するとÅ忽ち、白い衣が闇に翻《ひるがえ》るさまが見える。

「桐野様、あれは？」

「追え」

命じられるまでもなく、仁王丸は走り出した。

到底命無き者とは思えぬ力強さで疾駆する者のあとを、仁王丸は懸命に追った。それを確認してから、桐野は即ち、身を翻す。

幽霊の先回りをするために、内田主殿頭の上屋敷を斜めに横切る。前回、勘九郎とともに幽霊を追った際、幽霊は一人きりで徘徊しているように見えたが、実際には陰から見守る護衛がいるかもしれない。

それを確かめるため、桐野は注意深く闇を進む。

(気配はないが)

タタタタ……

桐野が屋敷の表門の前の辻行灯に身を潜めて間もなく、規則正しい足音が響いてきた。

更にその足音から一間ほど後ろを、もう一つの足音が追う。

仁王丸は矢張り幽霊には追いつけないようだ。

（それでも、ついて来られているだけましか）

桐野は辻行灯の陰から出て、逃げてくる白装束の行く手を阻む。

「あっ……」

そのとき、不意に出現した桐野に驚いた白装束は、白い襦袢の裾を激しく乱して狼狽《うろた》えた。

跳ねあがった瞬間を逃さず、桐野はその者の足首を狙って飛刀《ひとう》を放つ——。

「………」

苦痛に顔を歪めながら、そいつはその場に蹲《うずくま》った。追いついた仁王丸がすぐその者の四肢を捕らえ、拘束する。

「無駄な足掻《あが》きはやめておけ。おとなしく言うことを聞けば悪いようにはせぬ」

そいつが抵抗する様子を見せる前に、桐野は冷ややかに釘を刺した。

「吐いたか？」

隠れ家に入ると、甘い芳香が部屋いっぱいに立ち込めていた。

（自白を促す《偸心香》《ちゅうしんこう》か）

桐野は念のため袖口で鼻と口許を被うが、それ以上部屋の奥には入らず、入口から声をかけた。

「もう少しです」

振り向きもせずに、仁王丸は答える。

彼の、人の心を操る術を以てすれば、《偸心香》の助けを借りる必要などなさそうな気もするが、仁王丸の言い分によれば、相手はなかなか手強いらしい。

「《偸心香》の効果はまだ現れぬのか?」

「この者、よほど厳しい訓練を受けておるようでございます」

と仁王丸の言う「この者」は、後ろ手に縛られ、背後の柱に括られて身動きもかなわない。辛うじて意識はあるが、《偸心香》のせいでかなり朦朧としているようだった。

幽霊の正体はてっきり女だとばかり思っていたが、意外にも小柄な男だった。

桐野の飛刀で足を止められた男は、仁王丸によって隠れ家まで運ばれた。痩せ型で、男としてはそれほど大柄ともいえぬ仁王丸にとってはひと苦労のようだったが、桐野の命故、仕方なく従った。

桐野は桐野で、

(こういうとき、矢張り堂神がいると便利だな)

という内心はひた隠しにした。桐野なりの忖度というものだった。

「いま一度問う、そなたの名は？」

噎せ返りそうな《偸心香》の香りの中で、仁王丸は同じ問いを繰り返している。

四半刻前に覗いたときも、全く同じ状態だった。既に一刻以上のときを要しながら、名すら聞き出せぬ仁王丸を、桐野は歯痒く感じていた。

（いっそ私が拷問したほうが早いのではないか）

桐野がうっかり思いかけたとき、仁王丸が一瞬チラッと桐野を顧みた。

勘のよい男である。或いは桐野の心中が察せられたのかもしれない。盗み見るようにして桐野の顔色を読んでから、すぐに詰問相手に向き直った。

「いま一度、問う」

「…………」

「そなたの名は？」

「と…う……」

遂に、その者は口を開いた。

「とう？」

「とう…じ」

「とうじ、か？」

仁王丸が念を押すと、そいつは小さく頷いてから、

「そうだ。俺の名は東次。《病葉《わくらば》》の東次だ」

今度は自ら、はっきりと名乗った。

仁王丸は再び桐野を顧みると、

「落ちました」

唇の端だけチラッと弛めて薄く笑う。邪悪さが満面に滲む笑顔であった。

「これで、なんでも聞き出せまするぞ」

「そうか」

内心舌を巻きつつ、桐野は改めて仁王丸を見た。

仁王丸が執拗に名を問うたのは、いわば、強固な土蔵の戸をこじ開けるための鍵のようなものなのだろう。

自ら名を明かすことで、鍵が開く。

ひとたび鍵が開いてしまえば、あとは仁王丸の独壇場であろう。

「では東次に訊ねる。お前の主人《あるじ》は誰だ？」

「源八郎」

「何処の源八郎だ？」

東次が答えた後間髪《かんはつ》を容《い》れず、桐野は問うた。

「根来……根来衆・草組《くさぐみ》の頭《かしら》・《石蕗《つわぶき》》の源八郎だ」

「《石蕗》の源八郎？」

「ああ、そうだ」

「では、源八郎は、なんのために、お前にあのようなことを命じたのだ？」

「あのようなこと？」

「幽霊のふりをして大名家の屋敷のまわりを徘徊することだ」

「うぁはははは……」

東次は突如大笑いした。

「なにが可笑しい？」

仁王丸はさすがに苛立った。

東次の落ち着きぶりは、《偸心香》によって心を支配されてのことなのだが、そうとわかっていても、こちらの意図と違う感情を発露されると、矢張り腹が立つ。

「悪戯《いたずら》にしては質《たち》が悪いぞ」

「悪戯なものか」

「では、なんだ？　なんのためだ？」

「策だ」

「策？」

「ああ、策だ」

「なんの策だ？」

「聞いて驚くなよ、この鼠賊《そぞく》めが。すべては、天下をひっくり返すための策よ、ふはははは……」

「天下を？　一体どうやってひっくり返すというのだ？」

問い返す仁王丸の表情は険しい。

どうも雲行きが怪しい。

確かに鍵は開いた筈なのに、引き出したい答えがなかなか引き出せないのは何故だろう。

(或いは、何者かが先に、こやつに暗示をかけているのか？)

仁王丸は疑った。

仁王丸の術は人の心を操る。

だが、如何に秘術を駆使しようとも、どうしても操れぬ者がいる。即ち、それ以前に別の者によって暗示をかけられ、己を失っている者だ。

「言え、東次。一体どうやって天下をひっくり返す?」

むきになって、仁王丸は問うた。

暗示にかけられた者など訊問しては、仁王丸の名折れである。

「おお、よくぞ聞いてくれた。我らが源八郎殿のお考えは深いぞ」

「どう、深い?」

仁王丸の後ろから、桐野が問い返した。

「どう深いのか、教えてもらおうではないか」

たとえそれが、東次の口から引き出したい答えではなかったとしても、いまは全部語らせるしかない。

「ぬふふふふ」

すると東次は、再び不気味に笑いだす。

「なにが可笑しい?」

「うぬらの浅知恵では到底わかるまい」

「ほう、浅知恵とな?」

「ああ、浅知恵だ。お前らお庭番など、所詮将軍家の使い走り。……天下のなんたるかも知らず、ただ公方《くぼう》の手駒として右往左往するだけの憐れな犬よ」

「…………」

仁王丸のすぐ背後まで迫った桐野が、咄嗟にその肘を強く摑んだ。

カッとなった仁王丸が、東次の急所を殴って殺そうとするのを阻止するためだった。

肘を摑んで阻止するとともに、桐野は仁王丸の耳許に、彼にだけ聞こえる低声で短く数語囁いた。

我に返った仁王丸は、

「貴様は、何故我らがお庭番だと思うのだ？」

桐野から囁かれた言葉をすぐさま口に出した。

「…………」

すると東次はしばし言葉を呑み込む。

「我らはお庭番ではないぞ」

「嘘を吐け。お前たちはお庭番だ」

「だから、何故そう思うのだ？」

「…………」

言葉を返せぬ東次の面上に、苦痛の色が滲みはじめる。桐野が睨んだとおり、その問いに対する答えは、さすがに用意されていなかったのだろう。

「我らは、火盗改《かとうあらため》の手先だぞ」

「嘘だ！」

仁王丸の言葉に、東次は即ち激昂した。

「儂を謀《たばか》ろうとしても、そうはゆかぬぞ」

「誰も、貴様など謀らぬわ、たわけめ」

言い返しながら、仁王丸は桐野を顧みた。ここは是が非でも東次を謀り、己を火盗改の手先だと思わせねばならない。何故ならそれが桐野の指示だからだ。そのためにはどうしたらよいか、桐野に指示を仰ごうとしたのに、顧みたとき、桐野は既にそこにいなかった。

（桐野様……）

途方に暮れた仁王丸は仕方なく東次の後頭部に一撃くれて昏倒させた。

東次が予《あらかじ》め暗示にかけられているとしたら、当然捕らえられるのを見越してのことだろう。或いは、敢えて送り込まれてきたのかもしれない。だとすれば、敵はこちらの動きを完全に読んでいることになる。

（なんということだ）

仁王丸は愕然とした。

桐野がこれほど苦戦を強いられるのは、或いははじめてのことではないのか。

二

ふと、いやな気配を感じて障子を開け放つと、案の定庭先に知った顔が佇んでいた。

(桐野め)

斯様《かよう》な不審者を近づかせぬのが本来桐野の務めである筈なのに、一度ならず二度までもその者を三郎兵衛に近づけ、一体何処でなにをしているのであろう。

しかも、一度目は外だったから仕方ないが、此度は屋敷の中まで侵入を許している。

(肝心の警護の任を等閑《なおざり》にして、一体どこをほっついておるのだ、たわけめ)

桐野には、「あれは誠実な男」だと言い、襲ってくる心配はない、と言い切ったことなど忘れ、三郎兵衛は心中激しく桐野を罵った。

しかる後、顔を顰《しか》め、

「なんだ、貴様は」

何食わぬ顔で庭木の沈丁花《ちんちょうげ》と楓《かえで》のあいだに立つその男に向かって言った。

「一体いつからそんなところに潜んでおった。食えない奴め」

「これはしたり。別に潜んでなどおりませぬ。いま来たところでございます」

ニコリともせずに源八郎は言い返し、改めて三郎兵衛に向かって一礼する。

その折り目正しさには内心感心するものの、最早《もはや》手放しで褒めることはできない。

なにしろ源八郎は、既に三郎兵衛を偽っている。

「では、一体なにしに参った？」

三郎兵衛の言葉つきはあくまで冷たい。

初対面の時に抱いた源八郎への好印象など、とっくの昔に消え果てていた。

「貴様の顔など見たくもないぞ、この大嘘吐きめ」

「松波様に、嘘を吐いた覚えはございませぬ」

「二十年前、密書の件で、うぬらの主人《あるじ》・犬山藩主の成瀬正幸は大目付の詮議をうけた、とぬかしたな」

「はい、申しました」

「嘘であろう」

「何故に？」

源八郎は、さも心外だという顔つきをして問い返した。

「何を根拠に、嘘だと仰せられます？」

「お前の言う二十年前のその頃、大目付は不在であった。仮にいても、ものの役に立たぬような老い耄れだ。大名の詮議などできるわけがない」

「…………」

「どうだ？　嘘を吐いたと潔く認めるか？」

「認めませぬ」

「なに？」

「あの折、確かに我が主人は大目付の詮議をうけました。それは間違いございませぬ」

どこまでも冷静な口調で源八郎は淡々と話し続ける。

「もし、それがあり得ぬとの仰せでございましたら、何者かが、大目付を名乗って主人を偽ったのでございます」

「お前、なにを言っている」

三郎兵衛はさすがに戸惑った。

源八郎の言葉も顔つきも、あまりに真っ直ぐ過ぎる。到底、嘘を吐いている人間の様子ではなかった。

「一体何処の何者が大目付を名乗ってうぬらの主人を欺いたというのだ、たわけめッ」

三郎兵衛に厳しく追及されても、源八郎は全く揺るがない。三郎兵衛は更に厳しく糾弾する。

「貴様、一体なにを考えておるのだッ」

「ありもしない謀叛をでっちあげるために、お庭番めが、できる限りのことを為したのだと考えております。恐ろしいことでございます」

「貴様、この期に及んでなお、戯言《ざれごと》をほざくかッ！」

三郎兵衛は即ち激昂した。

源八郎の言い草は、それほど我慢ならぬものだった。だが、

「お怒りはお怒りとして、真摯に受け止めまする。ですが、松波様――」

源八郎は、あくまで真っ直ぐ三郎兵衛の視線を見返して言う。

「本日は、松波様にお話ししたき儀がござり、斯様に罷り越しました。他意はございませぬ」

「ならば、何故声をかけぬ？」

心ならずも戸惑いながら、三郎兵衛は問い返した。あっさり話題を変えられてしま

ったのは、源八郎の術中にまんまと嵌っている証拠だ。それはわかっている。わかっているから、腹が立つ。

「いつ声をおかけしようか迷っておりました」

臆面もなく、源八郎は答える。

(こやつ……)

三郎兵衛は無言で源八郎を睨んだ。

このまま黙り込んで源八郎への怒りを改めて増幅することもできるが、何故か三郎兵衛はそうしなかった。

「まともな訪問者であれば、表から訪ねてくるものだ。いきなり儂の居間の外に立っている時点で、貴様は曲者《くせもの》だ」

「それは、重《かさ》ね重ねお詫び申し上げます」

源八郎は素直に頭を下げた。

「ですが、それがしのような卑賤の者が、堂々とお屋敷の御門を潜るのは畏れ多うございます。それ故、斯様な仕儀に——」

(よく言うわ)

三郎兵衛は内心甚だ呆れていたが、口には出さなかった。

「それで、儂に話したいこととは一体なんだ？」

「実は、我が手の者が桐野殿に拘束されております」

「なに？」

「なにか誤解があったのではないかと思われます」

源八郎は再び淡々と言葉を継いだ。

「拷問などされて、あることないこと自白させられてはかないませぬので、松波様にお知らせしようとまかり越しました」

「何故儂に？」

「桐野殿の主人《あるじ》でございましょう」

「桐野は上様から遣わされたお庭番。儂の配下ではない」

「なれどいまは、松波様のお下知《げち》のみを聞かれる。即ち、松波様のご配下でございます」

「別に、儂の下知しか聞かぬわけではない。それに、あれのやることなすこと、すべてを把握しているわけでもない。……それ故あれのことで、いちいち儂に言ってこられても困る」

三郎兵衛は本心から困惑した。

桐野を、ときには己の配下の如く使ってしまうこともあるが、それは桐野側も納得の上のことだ。桐野はあくまで上様のお庭番であるということを、三郎兵衛も桐野も、承知している。

「それに、桐野とお前たちの確執など、儂には無関係だ。儂の目の届かぬところで勝手にやっておれ」

「それは……困りましたな」

心の底から困り果てたという顔をされて、三郎兵衛はいよいよ困惑する。

「松波様に口をきいていただけば、桐野殿の暴走を止められると思うて参ったのですが」

「だから、何故儂が？　桐野が勝手にやっておることに、口出しする気はないわ」

「松波様は、それでよいのでございますか？」

「なにがだ？」

「桐野殿が、間違ったところに向かわれても、よろしいのでございますか？」

「だから、あやつが儂の知らぬところでなにをしていようが、儂の知ったことではないと言うておろうが」

「しかし松波様——」

源八郎はふと言葉を止めてじっと三郎兵衛を見つめ返した。

「なんだ？」

「先日、二十年前の密書と桐野殿の謀《はかりごと》の話をした際、松波様は、『何故これまで浅からぬ誼《よしみ》を通じてきた桐野を疑い、初対面のそちの言うことを信じねばならぬ』と仰有いました」

「……………」

「浅からぬ誼を通じてきたのではないのですか？」

「貴様……」

「浅からぬ誼を通じてきた者を、知ったことではないとお見捨てになられますか？」

三郎兵衛は無言で、苦々《にがにが》しげに源八郎を睨んだ。

古稀《こき》を過ぎるまで生きてきて、さまざまな者たちと出会った。ときには敵となり、ときには知己となる者と出会った。愛しく思える者とも出会ったし、どこまでいっても理解し合えぬ者もいた。

いまとなっては、どの出会いも懐かしく、得難いものだと思っている。

すべては一期一会。二度はない。だからこそ、一度の出会いに人は懸命になれる。

だが、そんな三郎兵衛にも、初手から苦手な者はいる。即ち、人の言葉尻をとらえて揚げ足を取るような輩だ。

（しかも、無自覚なだけにタチが悪い）

生真面目で実直そのものな源八郎の顔をつくづくと眺めながら、三郎兵衛は思った。

すべての行動の理由が生来の生真面目さであるならば、責めるには及ばぬが、腹は立つ。源八郎とはとどのつまり、そういう種類の人間なのだろう。悪意はないが、人に不快をもたらす。

それがわかると、あのとき、心ならずも桐野を追いつめるような言い方をしてしまった己を、三郎兵衛は恥じた。

恥じた以上、源八郎という男がこの先己になにをもたらすつもりなのか、見届ける責任が生じてしまった、といえる。

三

「ここか？」

三郎兵衛は問うた。

「はい」

と答え、源八郎が三郎兵衛を誘導したのは、麻布櫻田町《さくらだちょう》に広がる宏大な緑地の中であった。

田畑があり、また腰のあたりまで草の伸びた緑地がある。緑地があれば、屢々《しばしば》草を刈らねばならず、刈った草を溜めておくための小屋がある。源八郎が三郎兵衛を連れて行ったのは、そうした小屋の一つであった。

「………」

小屋の入口で足を止めたとき、折しも中から顔を出した桐野と目があった。

「御前《ごぜん》」

「桐野」

互いに気まずく、すぐに視線を外して黙り込む。

が、よく考えてみれば桐野に気まずい理由はなく、気まずいのは三郎兵衛のほうだけであると気づくと、

「御前は何故、ここに？」

三郎兵衛に向かって、桐野は当然の問いを発した。

「いや、その、これは……」

三郎兵衛は狼狽え、口ごもるしかない。

源八郎に焚きつけられて仕方なく来てみたが、そもそもそれが間違っているのは明らかだ。桐野の問いに答えるべき言葉など、あるわけがない。

だが、桐野はすぐに三郎兵衛から視線をはずすと、

「そこにおるのが、根来草組の源八郎とやらでございますか」

その半歩後ろに身を退いていた源八郎を鋭く睨んだ。

「いかにも——」

源八郎は一歩進み出ると、

「根来の源八郎と申します。以後、お見知りおきを——」

何一つ動じることなく、堂々と名乗った。

桐野はしばし無言でその顔に見入ったが、もとより見覚えはない。

「ちょっと、よいかな」

源八郎の目を真っ直ぐ見据えて桐野は促すが、

「なんでござろう」

白々しく言い返すばかりで源八郎は動かない。桐野は内心の苛立ちを隠しつつ更に目顔で促すが、

「それがしになにか？」

源八郎は一向涼しい顔つきのまま、どういうつもりか、三郎兵衛の側を離れようとしない。無理に引き離そうとすれば、なにか反撃してくるであろうことは必至だった。

仕方なく、桐野は再び三郎兵衛のほうに視線を向けた。

「御前は何故こちらにおいでになられました？」

「そちが、源八郎の配下を拘束し、ひどい拷問をしておると聞いたのでな」

「ほう、あの者は、源八郎殿の配下でございましたか」

本人の口から聞いて知っているくせに、桐野はわざとらしく目を見張ってみせる。

「罪なき者に、あまりえげつない拷問などしてはならぬぞ、桐野」

「罪はございます」

強い語調で桐野は言った。

三郎兵衛の言葉が、一々胸にひっかかる。

「あの者は、幽霊騒ぎを起こして市中を騒がす一味の者にございます。幽霊の身形《みなり》で大名屋敷のまわりをうろついておるところを捕らえました」

「なに？」

「それに、えげつない拷問などいたしてはおりませぬ。訊問の名人に命じて、極めて優しゅう詰問いたしております」

「訊問の名人だと？　それは誰だ？」

「仁王丸でございます」

「また仁王丸か。近頃そちは仁王丸を重用しておるな」

「役に立ってくれますので。……折角ここまでおこしくだされたのです。中をご覧になられますか？」

「ああ、そうだな」

三郎兵衛は桐野の言葉に頷くと、意外にすんなり中へ入っていった。はじめから、興味津々でここへ来たのだから当然だ。

「待て」

当たり前のように三郎兵衛のあとに続こうとする源八郎を、桐野は短く呼び止めた。

「何でございましょう？」

源八郎は足を止め、まともに桐野を見返した。桐野に対する恐れなど一片もない、不敵な面構えであった。

足を止めた源八郎は、特に悪びれる様子もなく、

「それがしになにかご用か、桐野殿？」

寧ろそれが心外だとでも言いたげに問い返してきた。

「貴様、どういうつもりだ？」

「どうもこうも、それがしの配下が無事かどうかを確かめさせていただかねば——」

「無事だからこそ、御前に見ていただく。貴様が見る必要はない」

「………」

「どういうつもりだ？」

言葉を失った源八郎に、桐野は再度同じ言葉を投げかける。

「貴様、一体どういう魂胆で御前に近づいた？」

「別に魂胆などはございませぬ」

「御前に、あることないこと戯言を吹き込み、私への疑心を芽生えさせて、一体なにをしでかすつもりだ？」

「なにを恐れて…おられます、桐野殿？」

「なに？」

開き直った源八郎の言葉に、桐野は束の間表情を強張らせたが、すぐに元の無表情に戻る。

「公儀お庭番・桐野様ともあろうお人が、それがしの如き者を恐れておられるとも思えませぬが――」

「いや、恐れているのかもしれぬ。私とて、得体の知れぬものは怖い」

意外にも、桐野は唇の端を弛めながら言った。

「…………」

桐野が唇の端を僅かに弛めて微笑したのとは好対照に、源八郎は眉一つ動かさぬ無表情のままである。

「貴様一体何者だ？」

「成瀬家家臣・根来草組の源八郎――」

「だが、いまは成瀬様の命で動いておるわけではあるまい」

「…………」

「一体なにを企んでいる？」

「それを調べるのが、桐野殿の務めでは？」

「《桔梗屋》も貴様らの仲間か？」

腸《はらわた》の煮えくり返る思いを堪《こら》えて微笑を続けながら、桐野は源八郎に問うた。

「《桔梗屋》？　さあ……一向聞き覚えがありませぬな」

（こやつ……）

その見事な空惚《そらとぼ》けぶりに桐野が内心舌を巻いた、まさにそのときだった。

突如闇から姿を現し、

「お庭番桐野ーッ！」

怒声とともに桐野めがけて斬りかかって来る者があった。

「覚悟ッ！」

「死ねーッ」

怒声は前後して全部で三つ。

草むらの中から同時に飛び出し、飛び上がり、桐野の頭上へと殺到したのは三人の刺客であった。

だが、刃が敵の体に届く前に怒声を発するなど、素人の所業だ。その程度の者たちが《十全》の桐野を狙うなど、百年早い。

桐野はそれを、避けもしなければ、自ら攻撃を仕掛けようともしなかった。

顔色一つ変えず、ただ、その場にじっと立ち尽くしたままでいた。

「死ねッ！」

今度は声を揃えて三人は言い、桐野の頭上に殺到した。同時に刃を振り下ろそうとした三人は、だが、次の瞬間それぞれの理由でそれを達し得なかった。

一人は背後から放たれた飛刀で急所を貫かれていた。一人は、前から飛んできた礫《つぶて》に額を割られた。

そして最後の一人は、そのとき小屋から飛び出してきた仁王丸の忍び刀で額から臍の下まで両断されていた。

三人とも、呻き声一つ漏らすことなく即死している。

「桐野様ッ」

仁王丸以外の二人の仕手が、直ちに現れて桐野の足下に跪《ひざまず》く。

「ご無事でございますか」

「ああ、見てのとおりだ。お前たち、腕を上げたな」

「恐れ入ります」

寛七と然三は口々に言うが、桐野に褒められて嬉しくない筈がない。伏せた顔の下で口許が無意識に弛んでいる。

その一部始終を、冷めた目つきで傍観していた源八郎だったが、

「さすがでございますな」

すかさず賞賛の声を発した。何を考えているのか全くわからぬ顔だ。

だが、桐野は気にせず、

「三十年以上もお庭番を続けていると、斯様な仕儀となる」

笑顔のままで言葉を継いだ。

「私が、公方様や御前をお護りし、私が教えた者たちが私を護る。これにより、お庭番の機能は鉄壁なものとなる」

淡々と言葉を継ぎつつ、桐野は難無く源八郎との間合いに踏み込み、その喉元へ、匕首《あいくち》くらいの大きさの忍び刀を突き付けていた。

袖口に隠した得物を持ち替え、源八郎の面前に到るまで、全く何の違和感も感じさせなかった。まるで二十年来の知己が懐かしげに近づいて来たような自然さであった。

「桐野殿？　なんの悪ふざけでござる？」

だが、不意に刃を突き付けられても一向動じることなく、源八郎は桐野に問いかける。

「私が、悪ふざけをすると思うか？　貴様が敵に回そうとしているお庭番とはこういう者であると心得よ」

「…………」

切っ尖はいまにも彼の膚《はだ》に食い入りそうだが、それでも源八郎は動じない。

「敵に回そうなどというつもりは、さらさらござらぬ」

喉元に刃を突き付けられたまま、眉一つ動かさずに源八郎は言った。敵ながら、見事な胆《きも》の据わり方であった。

だが、桐野は既に面上から笑みを消し、いつもの冷ややかな無表情に戻っている。

「そんな言葉、誰が信じると思う?」

「桐野殿が信じようが信じまいが、それが真実だ」

「よい度胸だ。だが、度胸だけでは事は成せぬぞ」

言葉とともに、桐野が刃を握る手に力をこめかけたとき、

「よさぬか、桐野ッ」

三郎兵衛から鋭く制止された。

桐野の手が、ピタリと止まる。

「何故、お止めになります?」

「源八郎はそちに刃を向けたわけではあるまい」

「刃を向けずとも、敵は敵——」

「何故そちは源八郎を目の敵《かたき》にする?」

(え?)

源八郎に向けた刃を引っ込めながら、桐野の身のうちには忽ち名状しがたい違和感

が湧き起こった。

（私が源八郎を目の敵に？）

そんなつもりはさらさらないのに、三郎兵衛の口から指摘されると、不思議とその気になってしまう。

そもそも、目の敵にするという言葉は、根拠もないのに敵対視する、という意味合いが強い。桐野は、なんの根拠もなく源八郎を敵対視した覚えなどない。先に喧嘩を売ってきたのは源八郎のほうではないか。

然《しか》るに、三郎兵衛は何故か一方的に桐野を責める。源八郎を弱者と決めつけ、桐野を、弱者を目の敵にする悪者と見なしている。

三郎兵衛にそう思われたのは、すべて源八郎による巧みな誘導故に相違ない。故意にせよ無意識にせよ、見事な手腕であった。

「御前には、源八郎の心が見えているということでございますか？」

苦しまぎれに桐野が問うと、

「当然だ」

躊躇うことなく即答されてしまい、桐野の心もさすがに揺らいだ。

「そもそも、お前はどうかしておる」

三郎兵衛はなおも執拗に追い討ちをかけてきたが、最早桐野は聞く耳を持たなかった。一刻も早く、心を閉ざしてこの場を去らねばならない。

それ故桐野は傍らの仁王丸を顧みて、

「解き放て」

短く命じた。

「え？」

仁王丸は当然戸惑った。

「よいのですか？」

「東次ははじめから暗示をかけられておるのだろう」

「おそらく」

「なれば、最早なにも聞き出せまい」

「それはそうですが……」

「なにも聞き出せぬのであれば、留《とど》めておいても仕方あるまい」

「ですが……」

「わざわざ頭が迎えに来てくれたのだ。引き取ってもらえ」

「本当に、よいのですか？」

くはなかった。

「よい」

短く告げられて、桐野はそれきり姿を消した。己の動揺した姿など、誰にも見せたくはなかった。

四

東次を連れて隠れ家に戻る道々、源八郎は寡黙であったが、決して機嫌は悪くなかった。

その証拠に隠れ家までの足どりは軽く、

「まさか、桐野があんなに易々と俺を解き放つとは思わなかったぞ」

東次の言葉にも、

「筑後守にああまで言われたのだ。解き放つしかあるまい」

存外気軽に応じていた。

それもその筈、源八郎は確かな手応えを感じていたのだ。

（ざまあみろ、桐野）

勝利を確信した爽快感で、いまにも踊り出したいほどだった。

その歓びが、口に出さずとも充分通じたのだろう。

「どうやら上手《うま》くいったようだな、源八郎」

隠れ家に着くなり東次は言い、ニヤリと意味深に笑いかけた。

「まあな」

源八郎の口許も無意識に弛む。

「だったら前祝いといこうぜ、頭」

江戸に来てからというもの、源八郎は配下の者たちに厳しく飲酒を禁じていた。

だが、この夜は珍しく気が弛んだ。東次らが飲むのを止めぬばかりか、自らも酒を口にした。

「もっと飲めよ、頭」

勧められるままに、飲んだ。

慎重な源八郎にしては珍しいことだった。最前の桐野の悄然と項垂《うなだ》れた姿が脳裡を掠めるほどに盃を重ねずにはいられなかった。

酒の酔いがまわると、自然と口も軽くなる。

「これで、筑後守は確実に桐野を疑うようになるだろう」

「疑えばどうなる？」

「筑後守は桐野を遠ざける」

自信満々に源八郎は言う。

「されば桐野も、これまでのようには動けぬようになるだろう」

「筑後守にはそれほどの影響力があるのか?」

「最前、筑後守の前から立ち去る際の桐野の顔を見せたかった。まるで男に捨てられた女のようだったぞ」

「ああ、いい気味だ」

一緒になって東次も笑い、他の者たちも笑った。

「最早桐野は生ける屍《しかばね》。あとは、地獄へ送ってやるだけよ」

「だが、本当にかかるかな」

「なに?」

「桐野にとっては、たかが旗本の若君の一人や二人、なんでもないだろう。そんな者のために、本当に死地に赴くのか?」

「間違いなく、赴く」

「何故、言い切れる。……相手は、《十全》の桐野だぞ。人としての情など、とうの昔に捨てているだろう」

「それはあくまで表向きの顔だ。いまの奴の本当の姿は、未だ情けを捨てきれぬ、だらしないお庭番だ」

と源八郎は断言した。

そのために、この数年桐野の身辺を念入りに探らせてきた。不審な者が己に近づくことを容易に許す桐野ではない。無闇に近づけば返り討ちに遭う危険な役目だ。事実、多くの仲間を喪ってきた。

それでもやめるわけにはいかなかった。

多くの仲間の命とひき換えに、貴重な事実を知ることができた。

その一つが、桐野の、松波三郎兵衛、勘九郎らに対する感情である。たんに警護対象者とその孫というだけでなく、人と人とのつき合い方をしている、と源八郎は感じた。お庭番としてはあるまじき感情であった。

彼は自ら出向いて桐野の身辺に目を光らせた。

松波三郎兵衛とその孫・勘九郎から絶大な信頼を寄せられ、彼らのために働くうち、どうやら桐野は人の心を取り戻してしまったようだった。

(危うい哉)

他人事《ひとごと》ながら、源八郎は思った。

非情な世界を生き抜くには、常に孤独である必要があった。それ故にこそ、その心は何者にもとらわれず、何者にも縛られずにいられた。一度《ひとたび》他人のために心を開いてしまえば、もう孤独であった頃の己には戻れない。

桐野を除くための計画が練られたのはその頃からである。

計画を練ってから実行に移すまでに、実に一年以上を費やした。

そのあいだに、三郎兵衛・勘九郎らと桐野の関係性は更に深まりつつあった。

（しくじるわけがない）

計画が困難を極めるものであるなら兎《と》も角《かく》、最も単純で最も簡単な方法を源八郎は選んだ。しくじろうにも、しくじりようがないのだった。

丑の上刻。

闇に紛れ込む黒装束の一団が、その家の門口に立った。総勢十数名。

予定の人数には足りなかったが、却ってそれくらいでよかったかもしれない。

二十人も三十人もで押し込めば、逃げる際、逃走経路の確保に往生するだろう。最終的には船を使うにしても、二艘ですむか、三艘四艘に及んでしまうかは大問題だ。

桔梗屋の主人とその家族、使用人たちが起居する家の門口は、町屋にしては珍しく、表通りにはなく、裏店のような路地に面している。

建物をぐるりと取り囲む板塀の一面——南側だけが、辛うじて堀江町二丁目の通りに面していた。先日、桐野が侵入しようと試みた板塀だ。

(確かに、外部からの……あらぬ方向からの侵入に対しては仕掛けが動く。だが、家族が普通に出入りするところはどうだ?)

一味の最後尾から少し離れたところで、桐野はすべてを見守っている。

(使用人には夜間の出入りを厳しく禁じればすむが、たとえば、なにかの都合で主人が遅く帰宅することもあろう。ならば表の入口に、仕掛けが施されているわけがない)

桐野の目は四方に向けられているが、ときに死角もあり得る。

それ故実際に四方からも見張らせている。

(いまのところ、からくりが動きだす様子はない)

目と同時に、耳も澄ましている。

からくりの仕掛けが動き出す際には、低く地鳴りのような音がする。いまはまだ、どこからもそんな音は聞こえていなかった。

盗っ人たちは、易々と門口を突破して屋内に入る。

（はじめから、正面から入ればよかったのだ）

桐野が安堵した、まさにその瞬間だった。

「があぐッ」

「ぐぉッ」

先頭の二人が、不意に口許を押さえて蹲った。

なにか、有害なものを吸ったからに相違なかった。

がだッ、
と何処かで、なにか重いものが傾くような音がした。

かと思ったら、低い破裂音とともに飛来するものがある。それもかなりの数――。

（まずい）

桐野は察して、

「戻れッ」

盗賊たちの背に向かって低く命じた。

桐野の命に従い、すぐに身を翻して戻った者たちは辛うじて事無きを得た。

が、盗っ人の本性を剝き出しにて、なお家の中に侵入しようとした数人は、大量の飛矢の餌食となった。

「桐野様」

仁王丸とともに桐野のもとまで戻ってきたのは全部で七名。五名は命を落としてしまった。

「表も無理か」

桐野は呟き、その場から後退《あとずさ》るが、

「いいえ」

仁王丸は首を振った。

「まだ行けます」

「なに？」

「行かせましょう、桐野様」

「やめろ。お前の配下を、無駄に死なせるだけだ」

「何故止めるのです、桐野様」

だが、仁王丸はむきになって桐野に言い返した。彼の不満は、桐野のいつにない煮え切らなさにあった。

「更に進めば、活路が見出せるかもしれぬではありませぬか」

「進む？」

仁王丸の異様な熱意に、桐野は戸惑った。

「家の奥まで押し入らねば、押し込みの意味がございませぬ」

「無理だ。からくりのもとを止められぬ限り、家の奥までは押し入れぬ」

「いいえ。我が配下は、そのための捨て石にございます」

仁王丸の言葉に衝撃をうけたのは桐野のほうだった。桐野への忠誠の証《あかし》に、まさかそこまで考えていたとは——。

「いま退いては命を落とした者たちの死が無駄になります」

「貴様、なにを言っている」

「行けとお命じください、桐野様」

「黙れッ」

桐野は遂に怒声を発した。

仁王丸は仕方なく黙ったが、どうにもやりきれぬ、といった顔つきだった。

「あのからくりは、何処かに全体を動かすための大本《おおもと》の装置があり、それを切れば何一つ動かなくなる、といった類《たぐい》の仕掛けだ。それ故、その大本の装置を探して破壊すればよい」

「でしたら、その大本とやらを探す役を、是非我が手下に……」

「そんなつもりはない」

「ですが……」

「桔梗屋の正体を暴く方法は、なにも家に押し入ることだけではない。他の方法を考える」

「下がれ」

「桐野様ッ」

なおも執拗に言い縋る仁王丸に桐野は言い捨て、それきり背を向けた。

仁王丸に言われるまでもなく、桐野もはじめはそのつもりで《黒霧党》を呼び寄せさせた。仕掛けの全貌を確かめるためなら、それくらいの犠牲は仕方ないと割り切っていた筈だった。

だが、いざとなると、その気が失せた。

今更、人の命の重さがどうのというつもりはない。寧ろ、極悪非道を繰り返してきたであろう盗賊どもの命など、いくらでも使い捨てられるとタカをくっていた。

なのに、実際その場に臨むとできなかった。

できなかった己に、己自身が苛立っていた。

(矢張り私はどうかしている)

とも思ったが、すぐに激しく否定した。

自ら認めてしまうことは、あの忌々しい源八郎に屈することだ。

「では、一体どうなさるおつもりです？」

「…………」

「あなた様らしくありませぬぞ、桐野様」

「失せろ、仁王丸」

いまにも間合いに迫る勢いの仁王丸に、桐野は鋭く言い捨てた。

「しばらく私に近づくな」

「桐野様……」

仁王丸は仕方なく足を止めたが、去りゆく桐野の背をいつまでも目で追い続けた。

小柄なその後ろ姿が、いつもより一層小さく見えるような気がして、さすがに慄然とした。

第四章　五通目の宛先

一

「俺ほど運の悪い男は滅多にいねえ」

と男は言う。

出会ってから、既に何度も聞かされた同じ言葉だ。そろそろ飽きてきた。

「なあ、俺の話を聞いてくれねえか」

突然往来で見知らぬ男から声をかけられて、

「ああ、いいよ」

と二つ返事で応じるような物好きは、先ずいないだろう。おそらく、松波勘九郎という、暇を持て余すことが大嫌いな旗本の若君以外には――。

それどころか、勘九郎は男に向かって言った。

「どうせなら、一杯やりながら話すかい？」

見ず知らずの男の話を聞くというだけでも物好きの極みなのに、酒まで奢《おご》ると言うのだ。

男は少しく面食らったようだが、勘九郎が本気と知ると、嬉々として手近な縄暖簾《なわのれん》までついてきた。

無数の人が行き交う往来で、たまたまお人好しの若君を捕まえたのだから、相当運のよい男だが、どうやらその自覚はなさそうだ。

男は、四十がらみで見るからにガラの悪そうな博徒で、ひどく顔色が悪かった。不摂生がたたって、体のどこかを患っていそうな類のどす黒い顔色である。

「俺は運の悪い男なんだよ」

開口一番男が言ったとき、勘九郎は即ち納得した。いまにも死にそうな顔色をした男が、運のいいわけがない。

「で、なにがあった？」

「聞いてくれるか、若様」

運ばれてきた酒を勘九郎に注がれるまま何杯か呷《あお》ってから、男が漸《ようや》く口火を切ろう

としたとき、

「その前に、名くらい名乗らねえか？」

勘九郎はそれを制止した。

「俺は、旗本・松波家の嫡孫、勘九郎だ。話を聞かせたいなら、せめて名くらい名乗れよ」

男はしばし逡巡したが、酒の勢いもあってか、

「おう、俺は、又五郎《またごろう》……《小原《おばら》》の又五郎だ」

威勢よく名乗った。

「小原宿の出身か」

「まあな。……ガキの頃から、ろくなこたあなかったぜ。クソみてえな親父に毎日ぶん殴られてよ。あんとき、どっかの地回りに親父が殺されなきゃ、俺が親父に殴り殺されてたかもな。地回りさまさまだよ」

「だから自分も地回りになったのか？」

という勘九郎の問いには答えず、又五郎はまたひと口酒を飲んでから、

「今日はな、俺にとっちゃ、一世一代の勝負の日だったんだ」

ややしんみりとした口調になった。

（大袈裟だな。どうせ博奕《ばくち》だろ？）

口には出さず、心の中でだけ勘九郎は呟いた。

「途中までは、よかったんだぜ。……途中までは、勝ってたんだ。ピンゾロの丁《ちょう》にはじまって、二六の丁に四二の丁……今日は丁の当たり日だ。最後まで丁に賭け続けてりゃあ、絶対勝てる筈だったんだ。それが……なんで最後の最後で、半《はん》に賭けちまったのか。魔が差したとしか思えねえ」

（博奕で負けるときってな、だいたいそんなもんだろ）

勘九郎は内心呆れている。

勘九郎も、一時放蕩に明け暮れ、賭場にもちょくちょく出入りした。

（博奕ってのは、どう転んでも胴元が儲かるようにできてんだ。はじめのうち、ちょこちょこ勝たせてくれるのは、最後にひっくり返して全部取り返すためだ）

ということを身を以て理解するまでには、それなりの束脩《そくしゅう》（入門料）を支払った後のことである。

「ああ、なんであんとき、丁に賭けなかったんだ、俺は。……とことんついてねえ、運の悪い男なんだよぉ」

（どんなについてる男でも、博奕で最後まで勝ち続けるのは無理だ。奴らはイカサマ

をしやがるからな)

酒の酔いもまわりはじめたのか半泣き状態の又五郎に対して、勘九郎は同情の目を向ける。

わざわざ聞いてくれと人を呼び止めた割にはたいした話ではなかったが、本人にとっては大問題なのだろう。少なくとも、勘九郎にとっても、暇つぶし程度の役には立った。

「あんとき、丁に賭けてりゃ……畜生、畜生、なんだって俺は……」

「もういい加減諦めろよ。しょうがないだろう」

「諦められっかよ！　女を身請《みう》けするための金だったんだぞッ」

「え？」

又五郎が不意に語気を荒らげたため、勘九郎は少なからず戸惑った。

「お、女って？」

「お染《そめ》だよ、春月楼《しゅんげつろう》のお染。身請けして、一緒になる約束してたんだ。……あのとき、丁に賭けてりゃ、身請けの金が手に入ったんだ。なのに、俺は……ああ、すまねえ、お染。こんな運のねえ男に惚れられたのがおめえの不運だ」

(遊女を身請けしようとしてたのか)

半ば呆れながら、勘九郎は黙って又五郎の顔を眺めていた。

ろくでなしの博徒が遊女を身請けしたところで、不幸の種が蒔かれるだけのことではないのか。

女と所帯を持ったところで、又五郎が依然として博徒の暮らしを続ける限り、明るい未来があるとは到底思えない。又五郎が博奕で借金でも作れば、どうせお染は遊女に逆戻りだ。堅気の暮らしができると一瞬でも期待したぶん、より絶望は深くなる。

それに、真面目に働いて貯めた金で身請けするつもりだったというなら兎《と》も角《かく》、賭け事で身請けの金が作れなかったと嘆く又五郎という男の中に、女に対する真《まこと》があろうとは到底思えなかった。

(確かに、運が悪いのは、こんな野郎に惚れられたお染という遊女のほうだ)

と勘九郎が思ったとき、又五郎の泣き声が一際《ひときわ》かん高いものとなった。

「あああぁ〜ッ」

「どうした、又五郎？」

その泣き声のあまりの音量に閉口しながら勘九郎は問い返す。

「お染は……お染は、他の男に身請けされちまったんだよお」

「なに？」

「俺はなぁ、二世《にせ》を誓った女にも逃げられたんだぜえ。こんなに運のねえ男、他に見たことあるかよ？」

又五郎の言葉はいつしか自嘲に変わっていたが、勘九郎は最早《もはや》彼の話を聞く気にはなれなかった。

（女のほうが、一枚上手《うわて》だったな）

おそらく、お染という遊女は、本命の男の他に、又五郎のようなろくでなしにも声をかけて、身請けしてくれれば所帯を持つ、とでも甘言を弄したのだろう。そうして競争相手を増やせば、本命の男も焦って早く身請けしてくれるかもしれない。はじめから、又五郎など眼中になかったのだ。

「なあ、若様、こんなに運のねえ男、滅多にいねえと思わないか？」

又五郎の執拗な泣き言を、勘九郎は最早殆ど聞いていなかった。自らの不運を嘆くような発言を繰り返す男に、明るい未来があろうとは思えない。又五郎の不運は、自ら招いたものにほかなるまい。

「まあ、飲め」

勘九郎は仕方なく又五郎の猪口《ちょこ》に注いでやった。注がれた酒を、又五郎は迷わず飲み干す。

「俺はついてない」

と繰り返しながら、酔いがまわるのか、又五郎は次第に眠そうな顔つきになった。ほどなく酔い潰れてしまうことだろう。

(悪人面の割には、他愛もない野郎だ)

心中深く嘆息しつつ、勘九郎はおおいに反省した。迂闊に見ず知らずの男の話など聞くものではない。

(とりわけ、ろくでなしの話はな)

「本当に、物好きな若様だねえ」

勘九郎はつと顔をあげ、声のしたほうを向いた。明らかに、己に向けられた言葉にほかならなかったからだ。但し、又五郎が大声で喚《わめ》いたり泣いたりするので彼らの周囲にあまり人は寄りつかず、空席が多い。

「よかったら、一杯おごらせてくれねえか」

一つ隣の長床几《ながしょうぎ》に一人で座って手酌で飲んでいた遊び人風の男が、勘九郎に笑いかけていた。人懐《ひとなつ》こい笑顔である。

年の頃は三十がらみ。左頬に大きな靨《えくぼ》があり、人懐こく見えるのはそのせいかもしれない。

藍弁慶の裾を大きく絡げ、片膝を立てて座ったところはお世辞にも行儀がいいとは言えないが、不思議といやな感じはしなかった。

「おごられる理由がない」

だが勘九郎は無愛想に首を振った。

愛想のよすぎる男も要注意だ。なにか魂胆があって近づいてきていないとも限らない。

「見ず知らずの男の、たいして面白くもねえ身の上話を根気よく聞いてやったことへのご褒美だよ」

「え?」

勘九郎が戸惑うと、

「実は博奕で勝ったんだよ」

男は満面の笑みを見せた。

「勝ったのか?」

「ああ、そいつとは逆に、大勝ちしたんだ。こういうあぶく銭は、気前よく人におごるに限るんだぜ。そうすると、次もまた、つき目に恵まれる」

「そういうもんかね」

妙に感心しつつ、勘九郎は男の差し出す徳利に自らの猪口を向けた。その笑顔には、無意識に引き込まれるものがある。

「俺は吉次郎《きちじろう》ってんだ。内藤の生まれだが、二つ名はねえよ、若様」

「見たとこ、堅気にも見えないが」

吉次郎の差し出す徳利から注がれる酒をひと息に飲み干してから勘九郎は言い、すぐまた手を伸ばした。注げと目顔で促さずとも、吉次郎は黙って酒を注ぐ。

「いい飲みっぷりだな、若様」

「ひとに勧めてばかりいないで、あんたも飲めよ、吉次郎」

言いざま勘九郎は吉次郎の隣りへ移り、その手から徳利を奪うと彼の猪口に注ぎ返した。辛気くさい負け男よりは、明るい瞳《め》をした男と飲むほうがずっといい。

気がつけば、酔い潰れた又五郎は腰かけた床几の上でだらしなく寝入ってしまい、勘九郎と吉次郎は差し向かいで飲んでいた。

二軒目の店に移動したところまではっきり覚えているが、そこを出て三軒目に向かった記憶は全くなかった。

「そろそろ妓《おんな》のいるところへ行こうぜ」

どちらからともなく、言いだしたような気もするが、定かではない。

兎に角愉快な夜だった。

吉次郎とすっかり意気投合した勘九郎は、さまざまな話をしたはずだが、詳しい内容は全然覚えていない。酒の酔いで楽しくなっているときの会話など、所詮そんなものだ。

益体《やくたい》もないことで笑い、益体もないことを真剣に語る。

酔いがさめればすべては夢の中の出来事で、何一つ、心に留まってはいない。

そんな経験なら、これまでにも数知れずしてきている。すべては夢だ。酒に酔って、目覚めるまでの束の間の夢だ。そんなことはわかっている。わかっている筈だったが、勘九郎はそのとき困惑していた。

「もう飲めねえよ、吉次」

吉次郎の勧める酒を断ったら、その途端、目が覚めた。

「あれ？」

目の前に吉次郎がいないことを、勘九郎は訝しんだ。まだ夢が続いているかの如く錯覚したのだ。

だが、吉次郎はおらず、視界の中には誰もいない。何か硬いものの上に身を横たえているということに漸く気づいた。

どうやら酔い潰れて、寝入ってしまったらしい。

（ここは何処だ？）

何一つ覚えていないのだから、わかるはずもないが、一応記憶を反芻しようと試《こころ》みる。

如何に反芻したところでわかるはずもないが、横たわった床の硬さと冷たさには閉口した。しかも周囲は真っ暗だった。

何処とも見当もつかぬ場所で、硬い床に身を横たえていると、季節柄、身体が自然と冷えてくる。

「おーい」

勘九郎は遂に堪えかねて声を出した。

あたりはシンと静まっている。

「誰かいねえのか？」

勘九郎の言葉は虚しく静寂の中に吸い込まれた。

ゆっくりと身を起こすが、あたりの様子は皆目わからない。

相変わらず、右も左も、彼我《ひが》もわからぬほどの真っ暗闇だ。

（ここ、何処だよ？）

勘九郎は再度首を傾げてみるが、見当もつかなかった。ただ、硬い床の上にいて、外気を感じないから、辛うじて家の中であることだけは察せられるが。

ゆっくりと立ち上がり、周囲に手を伸ばして探ってみるが、なにも触れるものはない。

「吉次？　どこだ？」

もう一度呼んでみるが、返事がないのは言うまでもなく、人の気配すらしなかった。

「おーい、吉次郎ーッ？」

こういうときの対処法には二つある。

闇にじっと身を潜め、動かずに様子を見るか。手探りであっても、自ら積極的に動きまわり、己のおかれた状況を確認しようとするか。勘九郎の本来の性格からいえば後者だが、流石《さすが》にすぐさま実行に移そうとするほど、迂闊ではない。

（こんなとき桐野なら、迂闊に動きまわらず、しばらく様子を見ろ、って言うよな）

勘九郎は自らの考えを押し殺し、グッと堪えた。

どこぞの酒楼で酔い潰れ、納戸にでも押し込められているのなら、呼べば誰か来てくれる筈だ。

だが、ここまで人の気配がないのは、異様である。最悪の事態を予期したほうがいい。即ち、何者かによって拉致され、監禁されている、という事態である。

（まいったな）

勘九郎は困惑した。

迂闊に動かず、様子を探りながら助けを待つというのも、なかなか難しいものだ。少なくとも、真っ暗闇の中でじっと息を潜《ひそ》めていることは、勘九郎にとって苦痛以外のなにものでもなかった。

（桔梗屋が、たとえば南蛮相手に抜け荷をしている武器商人であるなら、五通目の密書の受け取り手である可能性は高い。五家の当主が武器商人を抱き込めば、謀叛は可能だ）

お城の外堀に沿ってゆっくりと歩きながら、桐野は思案していた。

既に夜も更けているため、誰も行く手を阻む者はない。誰にも邪魔されず思索に集中できる、お気に入りの散歩道の一つである。

（だが、桔梗屋とはそもそも何者なのだ。……いっそ、襲撃してみるか）

桐野はふと足を止め、あらぬ方向に目をやった。

見事な松の枝ぶりだ。月明かりに映えている。

だが桐野が見るべきは、無論松の枝ぶりでも明月でもない。

そこに、確かに誰かがいるはずなのに、実際にはいない。桐野が視線をやる以前に、何処かへ去ったのだ。

「…………」

月と松とを眺めたままで、桐野は袖に隠した飛刀を後ろに放った。

ぐがぁッ、
桐野のあとをつけていたそいつは、飛刀の切っ尖をまともに顔面に食らって悶絶する。黒装束の男だが、飛刀の切っ先で覆面が裂け、半ば素顔が露出していた。もとより、露出しているからといって、その顔に見覚えはないが。

「ぐくぅ……」

「わざわざ死にに来たのか？　ご苦労なことだ」

「さすがはお庭番桐野……我、竟《つい》に及ばず――」

眉間から右頬にかけて切られた男は、その場にガクリと項垂《うなだ》れる。

「おい、折角来たのだ。雇い主の名くらい教えたらどうだ？」

桐野の問いに対しても、すぐには答えようとしない。

逡巡する様子に不審を覚えて近づくと、

「そ…それは言えぬが、もっとよいことを教えてやろう」

そいつは慌てて言い募った。肝心なことを言う前に殺されてはかなわない、といった口ぶりだった。

「なんだ？」

「お、お前の……大切な若様をご招待した」

「なに？」

「たっぷりとおもてなししてお返しするから、楽しみに……」

残念ながら、男の言葉は中途で途絶えた。

すぅーッと滑るように進んだ桐野のつま先が、男の鳩尾《みぞおち》を抉る烈しさで蹴りつけていたのだ。

男は、呻き声一つ漏らさず意識を失った。或いはそのまま絶命したかもしれない。

桐野の怒りはそれほど凄まじかった。

「寛七ッ」

苛立った声で、桐野は直ぐ近くまで来ていた若いお庭番を呼んだ。

「どういうことだ？　若にはお前がついていたのではないのか？」

「そ、それが……」

寛七は桐野を恐れて途中で足を止め、その場で口ごもる。

「なにがあった？」

「若様が……」

「若様がどうした？」

「若様が、市中にて得体の知れぬ者と飲み歩かれまして……」

「なんだと？」

桐野の顔色が忽《たちま》ち変わる。

「それで？」

「も、もとより、見張っておりましたが――」

「若様を見張っていた筈の貴様が何故いまここにいる？」

「み、見失ってしまいましたッ」

寛七はその場で両手をつくと、

「も、申し訳ございませぬッ」

額を地べたに擦り付けた。

「若様の身に万一のことがあれば、腹を切ってお詫び申し上げますッ」

「たわけッ」

桐野は寛七を一喝した。

「腹を切るだと？　ふざけるなッ！　侍にでもなったつもりか？」

「…………」

「腹を切るのは、侍にだけ許された責任のとり方だ。我らお庭番はひたすら務めを果たすしかない」

一旦は爆発した怒りをおさめて存外静かな口調で桐野は言い、

「立て」

寛七を促した。

「お前が若を見失った場所まで、私を案内しろ」

「はいッ」

寛七は素直に従った。

従ったのはいいが、まるで物見遊山にでも出かけるような寛七の走り方は忽ち桐野を苛立たせた。

「おい、急げ、寛七」

「はいッ」

力強い返事とは裏腹に寛七の足どりは緩い。少なくとも桐野にはそう感じられた。

いまが一刻を争うときだということを、果たして、わかっているのか。

それ故桐野は、途中から、自ら先に立って走った。

ある地点まで到ったとき、行く先が何処なのか、桐野には概《おおむ》ね予想できたのだ。

二

山の峰々にはまだうっすらと雪が残っているが、麓はもうすっかり春景色であった。

淡い色の花が咲き乱れ、木々は濃い緑に彩られている。

木陰に身を休めていても麗らかな陽気に誘われて眠りに落ちる。

「兄上、兄上……」

何処かで己を呼ぶ声がしているが、瞼が重くて開けられない。それほど眠りは深いのだ。

「兄上、兄上」

だが、起こそうとするほうも存外執拗だった。

(うるさいのう。昨夜は寝ずの番だったんだ。昼寝くらいさせろ)

源八郎は石の上で寝返りをうち、声のするほうへ背を向ける。

「兄上……ねえ、兄上ったら、聞いてくださいよ」

（お前の話など、聞きとうない。……静かに寝かせろ）

源八郎は遂に両手で頭を抱えてしまう。

「ねえ、兄上、私、お殿様に召されたんですよ」

「なにッ？」

源八郎はさすがに飛び起きた。

「お殿様に？　お前が？」

「はい」

「お前が……」

源八郎はつくづくと弟の幼顔を見つめた。

「どういうことだ？」

「どういうって……ただ、お城に来いって言われただけだから、私にもよくわからないよ」

「お殿様直々《じきじき》に、か？」

「うん……」

困惑する弟の顔を、源八郎は更に見つめる。

「お前のような者を召して、一体どうしようというのだ」

先祖伝来の鉄砲の技をもっている本家筋の根来衆と違い、源八郎の父が束ねる草組は役立たずの腐《くさ》れ分家扱いされている。

実際、忍びとしては伊賀や甲賀《こうが》に劣り、同じ根来衆であっても鉄砲組ほどの需要もない草組に与えられた役目は、せいぜい城下や城内の警備くらいのものだ。忍び本来の役目である諜報活動については全く期待されていない。

そんな腐れ分家の、長兄であり既に役目にも就いている源八郎ではなく、武芸もろくに修練したことのない弟が、殿様から直々に召された、と言う。

「行くのか？」

動揺のあまり、源八郎はつい口走ったが、動揺するのも無理はなかった。

「大丈夫なのか？」

「だって、行かないわけにはいかないだろ、兄上」

「…………」

源八郎は黙って頷くしかなかった。

何故あのとき、行かせてしまったのか。

弟が去ってから今日まで、後悔しない日は一日とてなかった。

（だが、ときが戻せぬものなら、先へ進むしかない）

無理にも己に言い聞かせてきた。

ヅダダダダダ……

（喧《やかま》しい……）

何処からか聞こえてくるけたたましい足音に、源八郎は卒然夢を破られた。

「頭《かしら》ーッ」

続いて、耳馴れた東次の無遠慮な声がする。

「なんだ、喧しい」

源八郎がゆっくり半身を起こすのと、東次が彼の部屋に飛び込んでくるのとが、ほぼ同じ瞬間のことだった。

「兎《うさぎ》が罠にかかったぞ、頭」

「そうか」

源八郎はわざと鈍い反応をみせた。

東次が嬉々として報告に来るのを、特に待ち侘びるでもなく源八郎は待っていたが、いざ来てみればどうということもない。

「で、肝心の菩薩殿には知らせてやったのか？」

「ああ、頭の指図どおりにしたぜ」

「では、我らも向かうとするか」

源八郎はゆっくりと腰をあげる。

いつもの装束に二刀を手挟んでいると、

「けど、本当に奴は……お前が言うところの、菩薩殿は来るのかね」

東次はなおも疑問を呈した。

「必ず、来る」

「何故言い切れる？」

「貴様こそ、何故ここまできて疑うのだ？」

「そりゃそうだろ。あの桐野ほどの者が、みすみす罠にかかると思うかよ」

源八郎の面上にはなんの感情も表れてはいない。

「ところが、かかるのだ」

「だから、なんで言い切れるんだよ？」

むきになって東次は問い返した。

この安易な策にははじめから否定的であった彼にしてみれば、当然の反応であった。

「どちらでも、よいからだ」

「え？」

投げやりにも聞こえる源八郎の言葉に東次は当然不審を抱く。

「だから、どちらでもよいのだ」

「どういうことだ？」

「どうもこうも、そのままの意味だ」

東次の執拗さに内心辟易しながらも、極力平静を装って源八郎は述べた。

「どちらでもよい。仮に桐野が兎を見捨てたとしても、兎は我が手中にある。筑後守を意のままに操るにはそれで充分だ。さすれば、兎を救わなかったことで、桐野と筑後守は永遠に反目するであろう」

「そっちが本来の目的か？」

東次の探るような目に対しても、

「さあな。どちらに転んでも、我らに損はない、ということだ」

冷ややかな一瞥を返しただけだった。

東次は幼馴染みであり、源八郎が頭となって後は副頭領的な役割を担ってもらっている。

だが、本音を言えば、昔からの関係性に胡座《あぐら》をかいて横柄な態度をとる東次のことが、源八郎は大嫌いだった。

だから、暗示をかけてわざと桐野に捕らえさせてやったのに、桐野はすんなり返してよこした。このときはじめて、桐野をそら恐ろしい相手だと、源八郎は思った。筑後守の信頼を失い、失意のどん底にあるかに見えて、決して打つ手は誤らない。あのまま東次を留《とど》めおいても、己にとってなんの益にもならぬことがわかっていたのだ。否、寧《むし》ろ留めれば害にしかならぬことを——。

「ところで、東次」

源八郎はふと問うた。

「なんだ？」

いつもと同じく、東次は無遠慮に問い返してくる。

「此度のこと、一切ケリがついたら、湯治にでも行かぬか」

「源八郎ーッ！」

東次は忽ち満面を喜色に染めた。

「本気かぁ？」

「お前に嘘を吐いても仕方あるまい」

「やっぱり、お前は源八郎じゃなあ」

東次は更に歓び、その顔を泣き笑いでくしゃくしゃにする。源八郎が最も嫌う東次の顔だ。

「なんだ、今更——」

源八郎が密かに鼻白んでいるとも気づかず、

「じゃあ、先に行ってるぜ、頭」

いい歳をして少年のようなはしゃぎ声をあげながら、東次は去った。

三

寛七が勘九郎とその男を見失ったのが神田佐久間町《さくまちよう》三丁目あたり、と聞いたときから、桐野にはぼんやり見当がついていた。

そのあたりは、町屋と武家屋敷の境が曖昧で、旗本屋敷も少なくない。だが、町屋であるため、縄暖簾や居酒屋も数多い。混然としているのだ。

そんな混然とした町並みの中に、ときに奇妙な光景が見られた。即ち、古い武家屋敷が取り残されたように建っている。

（私が賊なら、あの空き家を使う——）

と桐野が直感したのは、十年以上も前に取り潰された小藩の上屋敷であった。

特に不穏な動きがあったわけではなく、末期養子が認められずに召し上げになったので、親族に引き継がれることもなく、そのまま放置された。

そういう空き屋敷は、本来ならば早めに取り壊されるべきなのだが、うっかり人手に渡ったりするとそれができない。

おそらくその屋敷は、どこかの富商に買い取られ、しばらくのあいだ、彼の別墅《べっしょ》として使われていたのだろう。が、再び別の者に売られる前に主人が急死してしまった、というところまで、桐野は調べた。或いは、主人は誰かに譲る、という遺言を遺していたかもしれないが、そこから先は定かではない。その後人手に渡った様子はないのに、取り壊されることもなくときが経った。

大名家の上屋敷といっても、一万石そこそこの石高であれば、広さも造りも、大身《たいしん》の旗本屋敷とそう変わらない。

（あんなところに持ち主知れずの空き家があるのはよくない）

桐野は常々思っていた。

悪党に目を付けられ、よからぬ悪事に利用されるであろうことは目に見えていたからだ。いっそのこと、お庭番の隠れ家にでもしてしまいたいところであったが、不明なだけで、何処かに持ち主がいるかもしれない屋敷に、勝手に手を出すわけにはいかなかった。御公儀の機関であるお庭番が、まさか盗っ人のような真似はできない。

実際、盗っ人が隠れ家などに使うには絶好の立地条件であった。

そうならぬよう、桐野自身が目を光らせるとともに、時折若い者にも見張らせていたが、なにしろお庭番もそう暇ではない。しばらく目を離した隙に、案の定よからぬ輩が棲みついたらしい。

夜間であるため門前はひっそりと静まり、邸内にも人の気配はなかった。

桐野は躊躇《ためら》うことなく脇門から邸内に駆け込んだ。

主人を失ったのが十年前としても、建てられたのは更にそれを十年以上は遡る。ろくに手入れされていない古い屋敷の門はほどよく枯れ朽ちていて、扉はないも同然だった。

「若ーッ」

無人の屋敷内に正面から駆け込むなり、桐野は叫んだ。

「若、何処におられますッ、若ーッ」

叫びつつ、屋内を無駄なく進む。無人の屋敷内は当然真っ暗だが、桐野にとってはなんの問題もない。どの部屋も、白昼の下にいるが如く目に映る。

(何処だ?)

各部屋を隈無く見極めつつ、足早に進んだ。

「若ーっ、若ーっ」

日頃の桐野とは別人のような狼狽《うろた》えぶりだったが、いまは体裁などとり繕っている場合ではない。

ときは一刻を争う——。


「若ーッ」

何処かで己を呼ぶ声がした気がして、勘九郎はふと我に返った。

こんなときは無闇と動かず様子を見るべきだとの考えからじっと身を潜めていたところ、どうやら再び眠りに堕ちてしまったらしい。仕方ない。酔いも相応に深かったのだ。

「若ーッ」

声の主が桐野であることはすぐに知れた。

「ここだよ、桐野ーッ」

だから思いきり答えてみた。

中腰になり、手探りで自分の周囲を確認するが、相変わらず、己の指先すらろくに見えぬほどの暗闇である。

「桐野ーッ」

かまわず勘九郎は桐野を呼んだ。

「桐野、桐野、桐野ーッ」

「若ーッ」

桐野の声は次第に近づいてくる。

「俺はここだーッ、桐野ーッ」

何度か叫んだ後、すぐ近くで、

ガダッ、

と羽目板が蹴られる音がした。

「若ッ、この中でございますか？」

どうやら勘九郎は、四方を羽目板に囲まれた中にいるようだ。

「どの中かわからねえけど、ここだよ」

兎に角桐野の問いに答える。

するとー瞬の間をおいて、

「頭を抱えて小さくなっていてくださいませ」

間違いなく桐野の声で、すぐ近くから指示があった。

「こうか?」

勘九郎は言われるままその場に小さく蹲り、両手で頭を抱えたが、もとより桐野に見えているわけもない。

「御免ッ」

桐野の短い言葉とともに、羽目板の一部がバリバリと破れ、勘九郎の頭上が心なしか明るくなったように感じられた。

「大事ございませぬか、若?」

「…………」

勘九郎は声のするほうをぼんやり見上げた。うっすらと人の影が見えるが、どうやらそれが桐野であるという以外、勘九郎には全く状況が呑み込めていない。

一方、羽目板を破って中を改める前から、桐野にはそこが、使わぬ家具や調度をしまうための広めの納戸であることがわかっていた。

通常の納戸であれば中からでも戸を開けられる筈だが、大方外から釘でも打ったのだろう。何処が開くのか、いちいち手探りで確かめるのも面倒なので、桐野は忍び刀の柄《つか》で戸板ごとぶち破った。

「ここは一体何処なんだ、桐野？」

「外へ出てからお話しします。お急ぎください」

言うなり桐野は勘九郎の手をとった。

手をとって引き立たせ、強引に導こうとしたとき、桐野は漸く何処からともなく漂ってくる硝煙の匂いに気づいた。

（しまった）

桐野は焦ったが、

「どうなってんだよ、桐野？」

漸く自らの意志で歩き出した勘九郎が再度桐野に問うのと、屋敷の何処かで、ドガンと爆発音が鳴るのとが、ほぼ同じ瞬間のことだった。

爆破されたのは屋敷の玄関口であった。爆破と同時に、あたりは忽ち炎に包まれる。

完全に、退路を断たれたのだ。

「若ッ」

そのとき桐野は勘九郎の手を強く引き、自らの体で庇った。

火の手があがったのは玄関付近で、未だここまでは届いていないが、時間の問題だ。

「はーっはっはっはっ……最早これまでだ、桐野ーッ」

どこから聞こえてくるのか、嘲笑の声が屋敷中に響き渡った。

「まさか貴様ほどの者が、たかが若造一人のために命を投げ出すとはなッ」

聞き覚えのある男の声は更に桐野を嘲笑《あざわら》う。

「どういうことだよ、桐野？」

勘九郎は忽ち顔色を変えるが、桐野は答えず、ただ勘九郎の手を強く引き続けた。

「しばし――」

戸惑う勘九郎を己の懐に庇う形で強く抱き締めた桐野が、

「しばしご辛抱あれ、若――」

勘九郎の耳許に低く囁くのと、

「大好きな若様とともに、焼け死ぬがよいわ、はーっはっはっはっ……」

桐野を嗤う男の声音が重なり、炎は更に轟々と燃え広がる。

至る処に火薬が撒かれているのだろう。

脱出は、ほぼ不可能と思われた。

「愚かな桐野よ、せいぜい地獄で悔いるがよいッ、ふはははははは……」

源八郎の嘲笑はいつまでもやまなかった。燃え盛る建物の近くにいては危険な筈だから、どこか安全な場所に身を置いているのだろうが、その嘲笑の声はまるで同じ建物の中にいるが如くよく響いた。

「ふはははは……桐野ーッ」

そのとき、屋敷内に撒かれていた火薬のすべてに火が点いた。

どごぉッ……

爆音が四囲に響き渡り、その一瞬に、すべてが潰《つい》えた。

(桐野様……)

一瞬大きく火を噴いたかと思うと、その古い武家屋敷は見る間に炎に包まれた。

桐野の姿が確かにそこに呑まれてゆくのを見送った直後のことである。

燃え上がり、燃え尽きることを知らぬ炎を、仁王丸は悪夢でも見るように見つめていた。

(まさか)

いや、できれば悪夢であってほしかった。

「仁王丸殿、これは一体……」

漸く追いついてきた寛七が、茫然と立ち尽くす仁王丸に問いかけた。

「一体どうなっているのでございます？」

「あああああ〜ッ」

だが仁王丸は駆け寄る寛七を押し退けると、その背後にある長屋門に向かって殺到した。

長屋門の屋根の上に、源八郎がいる。

一瞬後仁王丸は跳躍し、いまにも崩れ落ちそうな長屋門の上に立った。即ち、源八郎のすぐ側に——。

「貴様ーッ、なんの怨みがあって、桐野様を!!」

「これは、伊賀の仁王丸殿」

源八郎は僅かも焦ることなく仁王丸を迎えたが、

「死ね、源八郎ッ」

仁王丸は不意に真正面から斬りつけた。

「…………」

源八郎は無言で大刀を抜き、受け止めるが、歓びにうち震えるその表情に寸分の変化もない。

「おのれ！　貴様だけは許さぬッ」

　更に斬りつけながら、仁王丸は吠えた。日頃の彼とは別人の如き形相であった。

　その切っ尖を、今度は軽く鼻先で躱しつつ、

「貴殿ほど有能な伊賀者の頭が、何故あのような古狐《ふるぎつね》に心惹かれたのか、拙者にはわかりかねますな」

　源八郎は嗤う。

　うっすらと雲間から覗く三日月に照らされたその笑い顔は、なまじ整っているだけに恐ろしく、悪鬼のようにも見えた。そんなところ、桐野の笑い顔にも通じるものがあり、仁王丸にとっては一層許し難く思えてくる。

（この厚かましい仮面を引っ剝がして本音を引き出すには……）

　思った途端、仁王丸はつと平静を取り戻した。

「桐野様は貴様など知らぬ、会うたこともない、と言っておられた」

　平静を取り戻すと、スラスラと言葉がその口をつく。

「もとより、会うたことがない相手に遺恨があったとて不思議はない。さしずめ我ら伊賀者など、一度も会うたことのないご公儀の手先であるお庭番に深い怨みを抱いておった」

「ならば何故、怨み重なるお庭番の桐野になど惹かれた？　伊賀の同朋やご先祖に対して恥ずかしくないのか？」

さり気なく間合いをとりつつ、源八郎は仁王丸に問い返す。すると今度は仁王丸のほうが得たりとばかり、満面に笑みを滲ませる。

「情けない男だな。知己という言葉も知らぬのか？」

「知己？　知己だと？」

それこそ、鬼の首でもとったような口調で源八郎は言い募った。

「貴様にとって、桐野が知己だと？　貴様は桐野のなにを知っておる？……逆に、桐野は貴様を知己だなどとは夢にも思うておらぬわ」

「本当の知己は、出会った瞬間、目と目を見交わしただけでそれとわかるものだ。貴様のような外道《げどう》には到底理解できまいが」

鼻先で嗤われて、源八郎もさすがに不快を覚えたのだろう。

「ああ、理解できぬな。己の、生涯を懸けた商売を邪魔され、すべてを奪った敵に心をゆるすなど、あり得ぬわ」

真顔になって言い返す。

「わかってたまるか。所詮うぬのように狭量な輩には理解できまい」

「宿敵の色香に迷った愚か者の心情など、どう理解すればよいのか」

「ははは……可哀想にのう」

仁王丸は、ここを先途と嘲笑った。

「人でなしの根来衆の掟では、恋心すら禁じられておるのか。愚かしや」

「なに?!」

「人が人を恋うる気持ちを、如何にして禁ずることができようか？　できるわけがない。……而《しこう》してこれを禁じるなど、全くの無意味――」

「所詮、邪恋ではないかッ」

言葉とともに、源八郎ははじめて自ら刀を振り下ろした。

ガッ、
仁王丸の刃と、源八郎の刃がまともにぶち当たる――。

弾けるほどの激しい火花が散って、二人はともに瞬時に左右に分かれた。

「邪恋で結構」

仁王丸は完爾と笑った。

「だが、邪恋すら知らぬうぬらは、人ですらあり得まい」

「笑止！」

仁王丸の刀を間一髪で受け止める源八郎の切っ尖は、だが真っ直ぐ仁王丸には向かわなかった。

「そもそもうぬら根来衆は、なんのために生きておる？……恨みを晴らしたその先は？　怨みを晴らすことに心血を注いできたようだが、その先のことはなにも考えていまい。所詮怨みに生きる奴らのやることなど、その程度よ」

「ふははは、バカを言え。我らの目は常に先を見ておる。いや、先しか見ておらぬ。桐野を葬った後、なにが起こるか楽しみにしているがいい」

「その前に、貴様は死ねッ！」

仁王丸は再度吠えると、源八郎めがけて我が身を舞わせた。即ち、自らを一個の刃と化して、源八郎を襲った。

ガッ、
激しい火花が飛び散った次の瞬間、屋敷を包み込んだ炎がまたひときわ激しく爆ぜたかに見えた。

だが炎に煽られた二つの影は、そのとき悠々と虚空を舞っていた。

四

（享保五年十月の記録はここまでか……）

三郎兵衛は長嘆息とともに、冊子を閉じた。

享保五年十月は、会津御蔵入騒動の起こった時期だ。記録は御蔵入騒動の顛末に尽きた。

蜂起した百姓の人数。具体的な被害の内容。

記録は長く、数頁に及んだ。

そして、桐野が主張する成瀬正幸の密書が、成瀬家以外の四家と、あと何処の誰かに対して送られるのがその三ヶ月後のことだ。

だが、当然ながら密書に関する記録などはどこにもなく、成瀬正幸が大目付の詮議をうけたという記述も存在しなかった。

（わからん）

三郎兵衛は正直途方に暮れた。

歴代の大目付が書き記してきた「大目付日誌」の中にその記述がない以上、それははじめから起こっていない、あり得ない事実なのだ。

然るに、源八郎は確かにあったのだと言う。

源八郎が嘘を吐いているのか、或いは彼の言うとおり、桐野以下のお庭番が謀って偽りの詮議を行ったとでもいうのか。

(どちらかが嘘を吐いていることは間違いないのだ)

ここに至っても、なお三郎兵衛は逡巡していた。どうしても他人を頼ることができない、困った性分なのだ。

稲生正武は性根の腐った佞臣だが、助けがいると思えば、平然と三郎兵衛を頼ってくる。はじめのうちは、どの面《つら》下げて、と思わぬでもなかったが、そもそも三郎兵衛は人に頼られることを厭わぬ気性だから、頼られれば即ち手を貸す。それも、本人が望む以上に、だ。

これまで、稲生正武に対しては数えきれないくらいの貸しがある。それを思えば、ほんのちょっと頼み事をするくらい全く問題ない筈なのだが、自分からはどうにも口に出せない。

(それに、迂闊にあやつの耳に入れれば、「それは間違いなく謀叛の企みでござる。五家を取り潰すよい機会でございます」とか、言い出しかねぬ)

それが、稲生正武の持つ情報を聞き出したく思いながらも、躊躇わざるを得ないもう一つの理由であった。

「おや、松波様、こちらにおいででございましたか」

書庫を出た途端、お馴染みの声に出迎えられて三郎兵衛はしばし佇立した。

佞臣が、邪悪な笑みを満面に滲ませている。三郎兵衛にとっては吐き気のしそうな笑顔である。

「次左衛門」

「このような黴臭いところに、一体なんのご用で？」

「うぬには関わりない」

つい、いつもの癖でにべもなく言い返し、ぞんざいに押し退けて立ち去ろうとした。

「二十年前、成瀬隼人正から送られた密書の、その五通目の宛先を、お知りになりたいのでございましょう」

「…………」

「桐野はなんと申しております？」

「桐野はここ数日姿を見せぬ。儂に愛想を尽かしたのであろう」

三郎兵衛は少しく項垂れた。

つい源八郎を庇い、桐野に厳しい言葉を投げかけてしまった夜から、桐野は一切姿を見せなくなった。

あのときは、源八郎の発散する独特の雰囲気に呑まれてつい桐野を責めてしまったが、屋敷に戻る頃には後悔していた。

よく考えずとも、桐野にはなんの落ち度もなかった。

幽霊の真似事をして屋敷街を徘徊する不審者を捕らえ、詰問するのはお庭番としては当然の行いだ。責められる筋合いはない。更に、あのとき桐野が源八郎に詰め寄ったのは、三郎兵衛を護衛する者としては当然の行動であった。

三郎兵衛と源八郎が十年来の知己だというなら話は別だが、昨日今日会ったばかりの得体の知れない相手である。厳しく問い詰め、三郎兵衛に近づく目的を問い質《ただ》すのもまた、お庭番として当然の行いであった。桐野には何一つ咎《とが》はないのだ。

然るに三郎兵衛は桐野を責めた。

桐野は黙って立ち去った。

(だが、この程度のすれ違いは、これまでにも何度かあった)

三郎兵衛は殊更己に言い聞かせるが、欺瞞でしかないことを、もとより自ら承知している。

「松波様？」

なにも告げずにふらふらと立ち去りかける三郎兵衛を、稲生正武は不審げに呼び止めた。

「如何なされました？」

「なんでもない」

「なんでもないという顔色ではございませぬぞ」

「よいから、放っておいてくれ」

「桐野から、なにも聞かされておられませぬのか？」

稲生正武は慌てて行きかける三郎兵衛の袂を摑む。

「なにをだ？」

「五通目の密書の宛先でございます」

「そんなもの、もうどうでもよいわ」

「どうでもよくございませぬ。桐野の……或いは最後の調べになるかもしれぬのですぞ」

「なに？」

意味深すぎる稲生正武の言葉に、三郎兵衛は過敏に反応した。

「どういうことだ？」

「昨夜、神田佐久間町の古い武家屋敷が焼失いたしました。我が手の者の報告によれば、屋敷から火の手があがる直前、桐野が件《くだん》の屋敷に飛び込んだそうでございます」

「なんだと？」

「昨夜から、桐野を見かけておられぬのではありませぬか？」

「どういう意味だ？」

「桐野はもう……」

「馬鹿を申せ。あやつは不死身だ。死ぬわけがあるまいッ」

三郎兵衛は思わず声を荒らげる。

「桐野とて生身の人間でございますぞ」

「………」

稲生正武の言葉に三郎兵衛は答えず、遠い目をして彼の肩の向こうを見た。

（そういえば、勘九郎めも昨夜から戻っておらぬ）

そのことに気づくと、三郎兵衛の顔つきが俄《にわか》に変わる。

（まさか、桐野は勘九郎を餌に呼びつけられたのか？）

それから改めて稲生正武に向き直った。

「お前、桐野からなにを聞いている？」

「旗本の中根市之丞を、もう一度調べ直してほしい、と言うておりました」

「中根を？」

「それ故、僭越ながら、それがしの手の者にて勝手に調べさせていただきました」

「中根をか？　あれは人畜無害な阿呆だぞ。下手《へた》をすると文字の読み書きすらできぬかもしれぬ」

「中根市之丞の実家をご存じありませぬか？　いえ、正確には中根市之丞の父親の実家でございますが」

「実家？」

「中根市之丞の父親は、養子でございます」

「勿体をつけるな。その実家とやらはどこだというのだ？」

「常陸松岡《ひたちまつおか》藩一万五千石・中山信成《のぶなり》の三男が、市之丞の父親でございます。また、その父親の信成自身が中山家の養子でございまして、話はちと複雑ですが」

「中山？　中山とは、水戸家の家老のか？」

「一万五千石と申しましたが、宝永《ほうえい》四年に久慈郡太田《くじぐんおおた》に居を移して後は新田《にった》五千石を合わせ、現在は二万石となっております」

「しかし、折角養子をとっても、その後を継いだ息子は阿呆だ。あんな阿呆が生まれるのであれば、養子などとる必要はなかったのう。……中根家はもうとうに終わっておるわ」

三郎兵衛が鼻先でせせら笑うと、

「ですが、市之丞の父親の実家は、五家の一つ、中山家でございますぞ」

稲生正武は真顔で応えた。

「だから、なんだ?」

「偶然と思われますか?」

「…………」

「桐野は、享保五年以降に起こったあらゆる出来事を、すべて一つに繋げようとしておりました。……成瀬正幸の五通の密書。その五通目の宛先が判明したとき、すべてが繋がる筈だと……」

「それで、五通目の宛先はわかったのか?……まさか、それが中根市之丞だとでも?」

「昨年中根家を相続したばかりの市之丞は、二十年前はまだ生まれたばかり。あるとすれば、父親のほうでございましょう」

「うぬは桐野の戯言《ざれごと》をすべて鵜呑みにしておるのか、次左衛門？」

「ええ、しておりますよ。これまで、桐野の読みに一度でも間違いがございましたか？」

「間違いはない。間違いはないが、しかし──」

三郎兵衛はふと言葉を止めた。

桐野は、三郎兵衛にそのことを伝えようと思えば、できぬことはなかった。だが、敢えて伝えなかった。三郎兵衛が頭から信じようとしないことがわかっていたからだろう。

（儂は桐野から見限られたのか）

三郎兵衛は改めて心中深く嘆息した。

五

桔梗屋伊三郎は困惑した。

このところ、住居に侵入しようとする輩が急に増えた。

本来敷地の外で死んでいる筈の死体が敷地の中に残されていることが多い。

（こんな筈ではなかった）

正直、江戸に店を出してからというもの、一日とて気の休まることはなかった。

（別に江戸で店など開きたくはなかったんだ。あのまま尾張様の御用を務めているだけで充分だったのに……）

五年前、江戸へ行け、と指示されたときは、正直少し嬉しかった。

当時の尾張城下は諸事派手好きな宗春《むねはる》公のおかげもあって相変わらず賑やかではあったが、同時に宗春公の失脚も近いと囁かれはじめていたため、少なからず恩恵にあずかってきた商人たちは皆不安を抱えていた。

特に、桔梗屋のような御用商人は、藩に多額の金を融通している。早めに元を回収し、藩とは距離をおくのが得策だ。

江戸行は、まさしく渡りに船というものだった。

その上、店も住まいも、なにもかも用意してもらった。

住まいに妙な仕掛けが施されていたことには驚いたが、盗っ人避《よ》けだと説明されて伊三郎は納得した。金蔵があるのは店だけなので、おそらく仕掛けが発動することはないだろう。

ところが、最近になって、住居のほうに押し入ろうとする盗っ人が増えはじめた。

（どういうことだ？）

伊三郎は訝った。

住居にも、多少金目のものは置いているが、金蔵の中身の比ではない。それ故《ゆえ》伊三郎は、金蔵を護らせるために大勢の用心棒を雇い、頑丈な南京錠を幾つも取り付けている。

これまで、住居が狙われたことなど、滅多になかった。

たまにいても、仕掛けの餌食になって命を落とすだけのことだ。翌朝、全身に矢を浴びた無惨な死骸を見せられるのは、決して気持ちのよいものではないが、「刃物を手に押し込んできた強盗を、用心棒が始末した」と、幾ばくかの袖の下とともに届け出ればいいだけのことだった。

それが、このところ、異変が起こりつつある。

住居が狙われ、仕掛けが作動した形跡があるのに、死体がない。そんな奇異が何度か起こった後、今度はいきなり五人もの死骸が住まいの内外に転がっていた。

装束からみて盗っ人一味の者たちに相違なかったが、さすがに五人は多すぎた。面倒なことになるのを嫌い、用心棒たちに死骸を運ばせ、山中に遺棄させた。

できれば、住まいの仕掛けのことは誰にも知られたくない。

（なんとか尾張に戻してもらえぬものかな）

この数日、悩み抜いた果てに出した結論だ。

だが、決して逆らうことが許されぬ御方からの命で伊三郎は江戸にいる。己の都合でそんな勝手が許されようとは思えない。

（どうしたものか）

問屋仲間の会合に顔を出した後、辻駕籠《つじかご》に揺られているとき、

（妙だな）

伊三郎はふと首を傾げた。

いつもならとっくに店に戻っている筈なのに、些かときがかかりすぎている。

「おい、道が違うのではないか？」

通り側の垂れを巻き上げて景色を確認しながら伊三郎が駕籠かきに問うと、

「いえ、違ってませんよ、旦那様」

意外にも、前方の駕籠かきがはっきりした口調で返答する。

「だが――」

「いいえ、なにもご心配なく。どうぞ、ごゆっくり……」

不思議なことに、駕籠かきの言葉が途中で小さくかき消えてゆく。

実は己の意識が遠のいたのだが、伊三郎自身はそれに気づいていない。そのとき、己の盆の窪に刺さった針の感触にすら気づかぬまま、伊三郎は駕籠の中で眠りについた。

もとより、何事もなかったかのように駕籠は進む。

誰一人、気に留める者などいない町並みを過ぎ、やがて人けのない山中へと分け入るまで、さほどのときは要さなかった。

第五章　白虹《はっこう》日を貫く

一

「どういうことだよ、殿様ッ」

桁外れの大音声《だいおんじょう》であった。

屋敷じゅうに響き渡ったことは言うまでもなく、下手《へた》をすれば両隣りの屋敷にまで届いたかもしれない。

そのとき堂神は三郎兵衛の居間の外に立ち、

「殿様、殿様、殿様ーっ」

と三度、三郎兵衛を呼んだ。

しかる後、漸《ようや》く障子を開けて顔を見せた三郎兵衛に向かって虎狼の如く吠えた。

「師匠はどこだッ？」

「知らぬ」

錫杖を振り上げ、真っ赤になって喚《わめ》く大坊主に向かって、三郎兵衛はにべもなく応えた。

兎に角、堂神のなにもかもが気に入らない。勘九郎とは気が合ったようだが、三郎兵衛にはそれも気に入らない。

元は桐野の弟子だというが、いまはお庭番でもなんでもなく、仁王丸と同じく、ただ桐野に心惹かれて側に群がるだけの存在ではないか。桐野は上手《うま》く利用しているつもりかもしれないが、そんな狡猾さも、三郎兵衛にはあまり好もしく思えなかった。

だが、三郎兵衛の心中など、堂神は知る由もない。

「知らねえってどういうことだよ、え？」

相手が、己の師匠が敬う旗本当主で天下の大目付であると承知の上で、全く憚《はばか》ることなく、堂神は詰め寄った。

「師匠は一体何処に行っちまったんだよ？　なあ、殿様？」

「騒ぐな、堂神ッ」

その鬼気迫る形相に、三郎兵衛は心底辟易した。

「ここを何処だと思っておる。少しは弁《わきま》えよ」

「師匠が何処にいるのか教えてくれたら、騒がねえよ」

「……………」

庭先で喚き散らす堂神をどうすることもできず、三郎兵衛は閉口した。

「外で喚かれては近所迷惑だ。中に入れ」

仕方なく、三郎兵衛は堂神を部屋に招き入れた。本当はいやだが、そうするより他、興奮状態の堂神を鎮め、まともに話をすることができる手だてが見つからなかったのだ。


「落ち着け、堂神」

「これが落ち着いてられっかよ」

だが、三郎兵衛の部屋に招かれ、腰を下ろしてからも、堂神の興奮状態に変わりはなかった。

「頼むから、でかい声を出さんでくれ。家の者が目を覚ますと面倒だ」

三郎兵衛は仕方なく懇願した。

桐野と勘九郎がいなくなった話など、万一黒兵衛の耳にでも入ったら、大変なことになる。

「師匠がいなくなったんだぜ。そんなこと、あり得っかよ」

堂神は多少声音を抑え気味にしたが、それでも通常の話し声よりはやや大きい。

「…………」

「あんたはなにか知ってるんだろ？」

「知らぬ」

とは言わず、三郎兵衛はただ口を閉ざしていた。

「なあ、どうなんだよ、殿様」

「お前は桐野からなにか聞いておらぬのか」

「なにかって？」

「そもそも、何故儂が桐野の行方を知っていると思うのだ？」

「だって、師匠はいつだってあんたのために働いてるじゃねえか。いなくなったら、あんたが行く先を知ってると思うのが自然だろ」

「…………」

「なのに、なんで知らねえなんて言うんだよ」

「知らぬものは知らぬのだから、仕方あるまい」

困惑しきって三郎兵衛は応じた。

「だが、勘九郎めもいなくなったのだ」

「若様が？」

問い返した堂神の声音は漸く普通の音量となった。

三郎兵衛の面上に滲んだ苦渋の色の意味を、さすがに察したのだろう。

「師匠と若様は一緒にいなくなったのか？」

「それはわからんが……」

「いつからいないんだ？」

「勘九郎の姿が見えんのは一昨日からだが、桐野はその前から姿を見せぬようになっていた」

「なんでだよ？」

「え？」

「師匠があんたの前に姿を見せないなんて、あり得ねえだろ」

「…………」

「一体なにがあったんだよ？」

堂神の真剣な問いに、だが三郎兵衛は答えられなかった。

答えられるわけがなかった。

桐野を信じることができなかった、などとは、到底言えるわけがないし、言いたくもない。

「お前はなにをしていたんだ？」

そこで三郎兵衛は逆に問うた。

「え？」

「仁王丸はずっと桐野の側にいたぞ。なのにお前は、いまのいままで、何処でなにをしておった？」

「俺は、師匠の命で、箱根へ行ってたんだ」

「箱根？」

「ああ。箱根の湯に湯治に来てる客の中に、必ず怪しい奴がいる筈だから、見つけて見張れ、って」

「箱根の湯に、湯治に行っておったのか？　いい気なものだな」

「しょうがねえだろ。それが師匠の言いつけなんだから。……言いつけどおり、怪しい奴らを見つけて、密書も手に入れた。なのに、なんで師匠がいねえんだよ」

「怪しい奴らとはどんな奴らだ？」

三郎兵衛は思わず問い返す。

「どんなって、本来なら親しくなるわけがない奴らだよ。たとえば、行商人と普化僧とか……一緒にいたら不自然に見える奴らが一緒にいるのを見たら、それは間違いなく間者《かんじゃ》同士なんだってよ」

「なるほどのう」

「湯治場は、間者たちが連絡をとりあうのに恰好の場所なんだってさ」

「それで、その密書とやらにはなにが書かれているのだ？」

「そんなの、わかるかよ」

「なに？」

「この密書は、師匠じゃなきゃ解読できねえんだよ」

「見せてみろ」

三郎兵衛に言われて、堂神は渋々懐《ふところ》から書状を取り出した。

クシャクシャに皺の寄ったそれを手にとり、丁寧に開いてみる。

「なんじゃ、こりゃあ」

開いてみて、三郎兵衛は忽《たち》ち顔を顰《しか》める。

堂神の汗でも染みたのか、文字が滲んでなにが書かれているのかさっぱりわからない。

「やっぱり殿様でも無理かい」

「無理もなにも、文字が滲んでおるではないか。これでは桐野も読めぬわい」

「ところが、読めるんだなぁ、師匠には」

「まさか」

「てか、これはわざとこうしてあるんだぜ」

「なに？」

「なにしろ密書だからな。わざと読みづらくしてるんだ」

「わざとだと？」

三郎兵衛は訝《いぶか》ったが、堂神はそれには答えず、

「で、師匠は一体何処に行ったんだ？」

再び最初の質問に戻る。

話しているうちに幾分気持ちも落ち着いてきたのだろう。それ以上声を荒らげることはなかった。

「お前には、《千里眼》の能力があるそうだな、堂神」

堂神の問いには答えず、三郎兵衛は言った。

詳しくは聞いていないし、もし聞いていたとしても十中八九信じはすまいが、一応本人の口からも聞いてみたかった。

「その力で、桐野を捜すことはできぬのか？」

「もう、捜したよ」

堂神はそのとき、名状しがたい表情で三郎兵衛を見返した。

「江戸の市中はもうとっくに捜した。……見つからないから、ここへ来たんじゃねぇか」

「そうか」

「…………」

「どうした？」

明らかに困惑した様子で口を噤《つぐ》む堂神を、三郎兵衛は奇異に感じる。

「師匠には、内緒にしといてくれるかな」

「なにをだ？」

「その……使うなって言われてるんだよ」

「だから、なにをだ？」

「『お前の力は、いざというとき役に立つ。それ故私が使えというときまで、妄《みだ》りに使ってはならぬ』ってさ、師匠から厳しく言われてんだよ」

「…………」

「使い過ぎると、いざというとき、使えなくなるんだってさ」

「なるほど――」

三郎兵衛は納得し、大きく頷いた。

「さもありなん」

《千里眼》の信憑性については半信半疑ながら、桐野の、堂神に対する言いつけは納得のいくものだった。須《すべから》く、異能の力というものは乱用してはならない。桐野が堂神を戒めた真の理由を三郎兵衛は知らないが、兎に角、その件に関する限り、桐野の意見には賛成であった。

二

「そろそろ話す気になったかな?」

ゆったりとして奥深く思える声音が、何度か耳朶《じだ》に囁かれていた。

「そなたと根来衆との関係は?」

「…………」

「そなたが答えずとも、何《いず》れ知れることだぞ」

「なんのことか……」

桔梗屋伊三郎は言いかけて、だがすぐに口ごもった。

「お前の名は？」

「伊三郎……桔梗屋伊三郎」

その問いには素直に答える。

だから、既に心の鍵は開いている筈だ。

「桔梗屋はなにを商う？」

「紙と紙製品……それに蠟燭《ろうそく》」

「武器は？」

「…………」

「刀や槍や弓矢……それに、鉄砲も商っているだろう」

「求める者があれば……」

「求める者があっても、お前にそれを卸す者がなければ商いはできまい。お前は何処から武器を仕入れている？」

「南蛮船だ。……漁師の船を装って毎月沖にやって来る」

かなり重要な商売の秘密でも、聞かれればペラペラとよく喋った。

「根来衆を知っているな?」

「…………」

ところが、その名を出した途端、伊三郎の口は別人の如く重くなる。

「知っているのだろう?」

「存じ……ませぬ」

「然様《さよう》に言い淀むのは、知っている証拠だ。何故誤魔化す?」

(おかしい——)

もし暗示にかけられているとすれば、もっと過剰に反応する筈だ。

(或いは、本当に知らぬのではないか?)

仁王丸は訝った。

狭い部屋の中には《兪心香《ちゆうしんこう》》の匂いが溢れ、いまにも噎《む》せ返りそうだった。慣れている筈の仁王丸ですら軽い眩暈《めまい》を覚える。

慣れていない伊三郎の頭は既に朦朧としていよう。それが狙いであるとはいえ、過ぎたるは及ばざるが如しで、もうそろそろ、なにを聞いても答えられなくなってしまうに違いない。

「もう一度聞くぞ、桔梗屋、貴様と根来衆の関係は？」

「なにも……根来など、存じませぬ」

呂律《ろれつ》のよくまわらぬ口で搾り出すように答えるなり、伊三郎はそのまま意識を失った。

意識を失う直前、あの美しい武家の寡婦の顔を見た気がしたが、多分、夢か幻だろう、と伊三郎は思った。


「まだ聞き出せぬのか？」

心なしか焦《じ》れた声を出す人に向かって事実を告げるのは相応の勇気が必要だった。

だが、仁王丸は意を決して告げた。

「なに？」

案の定、その人の顔つきは一変する。

「桔梗屋と根来衆はなんの繋がりもない、だと？」

「はい」

「そんな筈はない」

「ですが、他のことならなんでもスラスラ答える桔梗屋が、根来衆という名を出した途端、口を噤んでしまいます」

「それは……暗示をかけられているせいではないのか？」

「暗示をかけるのは、事実と反する情報をすり込み、詰問相手に聞かせるためでございます。ところが桔梗屋は、根来衆の話になると、口を噤んでしまうのでございます」

「それだけの理由で、お前は桔梗屋と根来衆に繋がりがないと言い切るのか？」

「…………」

厳しく切り込まれて、仁王丸は答えを躊躇《ためら》った。

「桔梗屋が尾張の御用商人であったとすれば、尾張家の家老であり、根来衆の主人でもある成瀬家の当主とは、多少なりとも接点があった筈だ」

「ですが、桔梗屋が江戸に店を開いたのは五年前。根来衆は、此度江戸に出て参る以前、一度として江戸の地を踏んでおりません」

「何故わかる？」

桐野の瞳が妖しく輝く。

激しい怒りを孕んでいるに違いない。仁王丸はやむなく言葉を続けた。

「それがし、商売をしておりました頃には江戸と上方を屢々《しばしば》行き来しておりましたが、あのような者らが街道筋に姿を見せたという噂を聞いたことは一度もございません」

「噂だと？」

桐野の瞳は更に妖しい光を帯びる。

「噂がどうだというのだ。あてにならぬ噂などで、なにがわかるというのだ」

「そ、それは……」

「仮にその噂を信じるとしても、わからぬではないか。一党として街道筋に姿を見せずとも、たとえば源八郎が単身江戸に上ることはあったかもしれぬ。浪人姿であれ、なんであれ、男の一人旅など珍しくもないから噂にはならぬ」

「それは、確かにそうかもしれませぬが、桔梗屋に出入りしたかどうかまではわかりませぬ」

「ほら見ろ。わからぬではないか」

得たりとばかりに桐野は切り返した。仁王丸もこれには抗する手だてがない。

「わかりませぬ」

「わからぬということは、出入りしたかもしれぬということだな」

「ですが――」

「なんだ？」

「いまは一切、桔梗屋に出入りしてはおりませぬ。そもそも桔梗屋は、何年も雇っている用心棒以外、商売に無関係の余所者《よそもの》を店にも家にも入れませぬ」

「…………」

仁王丸の言葉があまりに確信に満ちており、最早《もはや》一言も言い返せなくなったところで、

「わからぬ」

桐野は苦渋に満ちた顔になった。

桐野の苦しげな顔を見るのはつらいが、仁王丸にはもうそれ以上の言葉は口にできなかった。

「何故だ？　何故、関係がない？」

「桐野様」

「桔梗屋は抜け荷で武器を扱っておる。謀叛の協力者として、これほど相応《ふさわ》しい者はおらぬ。尾張家とも繋がりがある」

桐野の言葉は仁王丸に向けられたものではなく、おそらく己自身が反芻するためのものだった。

「ここが繋がりさえすれば、二十年前の密書との関係も説明がつくものを……」

「なあ、桐野——」

隣室で寝ていた勘九郎がふと起きだし、障子を開けて顔を覗かせる。

「もうそろそろ、外へ出てもいいか？」

「駄目です」

桐野の返答はにべもない。

「なんでだよぉ。もう、飽きちゃったよ」

「いましばらく、源八郎めに、私は死んだと思わせておきたいのです。さすれば奴らは動きだします」

「俺は関係ないだろうが。だから、外に出ていいよな？」

「若が奴らに見つかれば、奴らは私も生きているのではないかと疑いましょう」

桐野が苦笑まじりになったのは、勘九郎の無邪気なわがままに少しく気持ちが和んだためだろう。桐野の顔が弛むのを確認してから、勘九郎は更に言葉を続ける。

「それに、祖父《じい》さんだってきっと心配してる。俺が死んだと思って、その源八郎って奴にあることないこと吹き込まれねえとも限らないんだぜ」

「…………」

「なあ、そうだろ、桐野?」

桐野は一旦黙り込んだが、

「仁王丸に行かせます」

冷ややかに応えて、すぐ勘九郎から目を逸らした。

「え?」

「あとで御前《ごぜん》の許《もと》へ行き、若はご無事だと伝えてこい。私のことはなにも言うな」

「かしこまりました」

「だ、駄目だよ、そんなの」

焦った勘九郎は慌てて言い募る。

「そ、そいつの言うことなんて、祖父さんが信じるわけないだろう」

「では、文を持たせましょう」

「え……」

「私からの文を持たせれば、信じていただけましょう」

「ちょ、ちょっと待ってくれよ、桐野――」

「なにか?」

「ちょっとでいいから、外に出してくれよ。いいだろ?」

勘九郎は懸命に懇願した。

「い、息が詰まるんだよ」

神田佐久間町の武家屋敷炎上から間一髪で逃れ、地下の隠れ家に潜伏して既に三日が経つ。勘九郎にとってはそろそろ限界だった。

「外に出て、一体なにをなさいます？」

鋭い語調で桐野は問い返す。

「なにって……」

「酒ならここにもあります。召しあがりたいものがあれば、買い求めて参りましょう。他に、欲しい物があれば、なんでもお申しつけください。ご不自由はおかけいたしませぬ」

「ここの食い物に不満はねえよ。別に、どうしても酒が飲みてえわけじゃない」

底の浅い人間だと思われるのがいやで、勘九郎は懸命に言い募る。

「では、女子《おなご》ですか？」

「え？」

「女子のおるところに……吉原《なか》へでもお連れすればようございますか？」

「いい加減にしてくれよ！」

勘九郎は遂に癇癪をおこした。

「ひとを、酒と女にしか興味ねえ奴みたいに言うなよッ！」

「申し訳ありませぬ」

桐野は即座に頭を下げた。

「若が外に出てなにをなさりたいのか、私にはわかりかねます故」

更に、遜《へりくだ》った口調で言われると、勘九郎は言葉を失うしかない。

「…………」

「ご気分を害したのであれば、お詫びいたします。ですが――」

「もう、いいよ」

勘九郎は言い返し、プイと横を向く。

どうしようもない駄々っ子が、遂に大人の軍門に下った瞬間であった。

「ここにいるよ。いりゃあ、いいんだろ」

「いましばし、ご辛抱くださいませ」

余裕をもって恭《うやうや》しく言えば言うほど、勘九郎は追いつめられ、なにも言い返せなくなると承知の上で、桐野は笑顔すら見せた。

元々、己の迂闊な行動が桐野を窮地に追い込んだのだという自覚はある。

幸い、桐野が事前に屋敷の抜け道の場所を知っていたおかげで間一髪助かったが、最後まで勘九郎を庇った桐野は多少ながらも火傷《やけど》を負った筈だ。もとより、そんなそぶりを、間違っても勘九郎に見せる桐野ではないが。

本来勘九郎は、桐野には頭の上がらぬ立場にある。わがままを言って困らせるなど、以《もっ》ての外《ほか》であった。

「堂神が、この文を?」

桐野は仁王丸からそれを受け取ると、注意深くゆっくりと広げてゆく。注意深くやらねば破けてしまうのではないかと危ぶまれるほど、しわくちゃの状態だったのだ。

仁王丸が三郎兵衛に桐野の文を届けたとき、屋敷に留まっていた堂神から執拗に桐野の居場所を問われたが、桐野の言いつけだからと頑《かたく》なに拒んだ。

堂神は渋々「密書」を仁王丸に渡した。

「うわ、見事に滲んじまってるなぁ」

背後から勘九郎が覗き込む。

だがその滲んだ文字をひと目見るなり、桐野は僅かに唇の端を弛めた。

「大当たりだな」

桐野は淡く微笑《ほほえ》んだ。

「堂神は、養生のために箱根に行ってたんじゃねえの？」

「まさか、ただ遊ばせておくわけには参りませぬ」

微笑んだままで、桐野は言葉を継ぐ。

「湯治場のような、不特定多数の者が大勢集まってくる場所では、多少怪しげな者が紛れ込んでいても大目に見られます。間者と間者が接触するのに絶好の場所なのでございます。江戸で接触すれば、いやでもお庭番の目につきます故」

「間者と間者が？……けど、その密書、読めるの？」

「ご覧じろ《ろう》」

言うなり桐野は傍《かたわ》らの燭台を引き寄せ、その炎に紙面をあてた。

すると、不思議なことに見る見る滲みが消えてなくなり、一文字一文字の形がはっきりする。

七夕の短冊ほどの大きさの紙面の中央には、
白虹貫日《はっこうかんじつ》　大吉大利《だいきちだいり》
の八文字が認《したた》められていた。

「どういう意味だ？　白虹貫日って、謀叛が起こる予兆って意味だろ。それが大吉大利ってことは……」

「つまり、なにかを決行する、との意味でございましょう」

事も無げに、桐野は答えた。

「なにかって、なんだよ？」

「世の中を一変させるような、なにか、でございます」

「謀叛、とか？」

「然様」

「どうするの？　ただ、なにかを決行するってだけで、何処でなにが起こるかまではわかんないんだろ」

勘九郎は心配そうに桐野を覗き込む。

「なんにせよ、江戸で起こることであれば、必ず我らお庭番の手で阻止せねばなりませぬ」

「お、俺にも手伝わせてくれよ」

「ときが来れば、そうなりましょう」

「手伝わせてくれるのか？」

「それまで若が、おとなしくここにいてくだされば――」

「…………」

美しく微笑みながら吐かれた桐野の言葉に、勘九郎は即ち絶句した。

（かなわねぇな）

勘九郎はそれきり桐野から視線をはずし、口を噤んだ。

あのとき、暗闇の中を桐野に強く導かれた際桐野に腕をまわされた腕と肩のあたりが何故か疼いた。

「しばしのご辛抱を――」

耳許に囁かれた言葉が、いまも耳朶に残っている。

（桐野、俺のためにあんな無茶を……）

日頃の冷静な桐野であれば、決してあんな見え透いた策にひっかかることはない。

そんな桐野がすっかり冷静を欠いたのが勘九郎のせいだとすれば、勘九郎はそれをどう感じるべきなのだろう。

（喜んで…いいんだよな？）

勘九郎は自問した。

冷静な筈の桐野が勘九郎故に取り乱したとすれば、少なくとも、勘九郎のことをとても大切に──つまりは好意をいだいてくれている、ということではないか。

「どうなされました、若？」

「え？」

嬉しい妄想の真っ最中、不意に顔を覗き込まれて勘九郎は狼狽えた。

「あ、いや……」

「外に出ますか？」

「いいよ、別に」

と首を振ったあとで、

「けど、ホントに大丈夫なのか？」

勘九郎は真顔で桐野を見返した。

「江戸は広いし、何処かでなにかが起こるってだけで、どうやって見当つけるつもりだよ？」

「見当はつきます」

「だから、どうやって？」

「たとえば、軍勢を攻め入らせるとなれば一日二日では到底無理。何日もかけて、軍を移動すれば人目につき、すぐに知られましょう。されば迎え撃つ準備もできます。

お庭番の目が光っているのは、江戸市中だけではございませぬ」

「…………」

「とすれば、忙しなく大人数で出入りするよりは、いま江戸にいる人数だけで決行できることをするはずです」

「いま江戸にいる人数でできることって、なんだよ？」

思わず乗り出し気味に問うてから、勘九郎はつと口を噤んだ。

桐野の目が、少しは自分で考えろ、と言っているようで恥ずかしくなった。

三

御拳場《おこぶしば》の草は、いまは季節柄さほど伸びてはいない。

寧《むし》ろ枯れ草や薄《すすき》ばかりだ。

本来、疾駆する馬の腹ほどの丈の草に被われた御拳場が、吉宗は大好きだった。

しかし、狩り場の一番良い時期は短い。多忙な吉宗が三度と訪れぬうちに、絶好の季節は去る。贅沢は言っていられない。絶好の季節でなくとも、行けるときに行ければいい。

おそらくこれが今年最後の鷹狩りになるだろう。

それ故吉宗も、珍しく下準備に余念がなかった。

「五日後に行く」

と周囲に告げたとき、告げられた者たちは歓喜の声を漏らした。即ち、三日ではなく、五日の猶予を与えられたことを、手放しで歓んだのだ。

しかし、たとえ三日が五日であろうと、瞬《また》く間にときは過ぎてゆく。

「今日か」

その日源八郎はほぼ無意識に呟いていた。

それほど感無量なのだから、仕方ない。

御拳場の鳥見役《とりみやく》になりすました源八郎はいまやその場のすべてを支配していた。

(長かった)

何年もかけて、ここまで辿り着いた。

いまや、御拳場の鳥見役は、殆ど源八郎と志を同じくする者だし、草刈りの下人《げにん》一人一人にいたるまで、彼らの同志である。

二十年以上前、吉宗が将軍位に就いて間もなくその計画ははじまっていた。

当時は、まだ尾張を支持する者も少なくなかったから、安易に吉宗を殺そうという結論にいたった。

だが、既に絶大な能力を発揮していた公儀お庭番の前に、敵ではなかった。密書を出せば忽ち奪われ、企みは悉《ことごと》く未然に禦《ふせ》がれた。一度に事を為そうとすれば、一網打尽にされてしまう。

そこで彼らは一旦計画を断念したふりをして深く地に潜った。

そこからはときをかけ、じっくりとお膳立てをした。即ち、少しずつ敵陣に味方を送り込み、敵をそっくり味方に変えたのだ。

それについては、慎重を期した。

江戸城の奥にも、表仕えの用人部屋にも、隈無《くまな》く人を送り込むには、長い長い時を要した。

一人を送り込んでから、二人目を送り込むまでに、最低でも一年は待った。先に送り込んだ者との関係性を疑われないためだ。それくらい、慎重に事を運んだ。

いまや、大奥の御半下《おはした》の三分の一はこちらの息のかかった者だ。

吉宗が、もっと足繁《あししげ》く大奥に通《かよ》ってくれていれば、大奥で殺す計画もたてられていた筈だ。

数年前、吉宗が微行《おしのび》で花見に行くという情報を摑んだ際、花見客を大量に仕込んで暗殺しようという計画も持ち上がった。結局、行き先が飛鳥山《あすかやま》か御殿山《ごてんやま》かを絞りきれなかったため未遂に終わった。疎漏な計画を実行に移して失敗した場合、それまでの努力が水泡に帰す。振り出しに戻るだけでなく、後退することになるのだ。

それ故、今回は万全を期した。

御拳場で吉宗を取り巻くすべての者が、いまやこちらの息のかかった者たちだ。それらの者たちが、一斉に吉宗を襲う。側近を数人連れてきたところで、今更どうにもなるまい。

(長かった)

源八郎の感慨は尽きない。

最愛の弟を喪ったあの日から、復讐だけが彼の生きる縁《よすが》だった。

「仇を討ちたければ、我が僕《しもべ》となれ」

と言う人に、無条件に従った。

その人が何処の誰かなどということに興味はなかった。ただ、一途《いちず》に復讐に向かえればそれでよかった。

本家から見捨てられた形の根来草組など、所詮《しょせん》捨て石に過ぎなかった。今日までに、多くの仲間を死地に送った。その数が十を過ぎた頃から、源八郎は最早なにも感じなくなった。

いつの日か宿願が叶うなら、それでいい。

その宿願の前には、黒幕が何処の誰かなどということは、ほんの小事に過ぎなかった。

(遂に、この日がきたのだ)

思うだけで、源八郎の体は無意識に震えを帯びた。名状しがたい歓びが五体に漲《みなぎ》っている。

(願わくば、我が手で吉宗を葬りたいものだ)

思うともなく思った瞬間、

「頭、こっちの人数は揃ったぜ」

東次が報告に来た。

例によって、馴れ馴れしく、源八郎を見下した口調である。

「もうすぐ公方《くぼう》の一行が到着する」

「そうか」

「公方と、その側近が五、六人。完全な微行だ」

「警護の者は？」

「御拳場の入口で待機だ」

「では、行くか」

「ああ」

源八郎は心中の不満を口にも態度にも出さず、淡々と受け流して歩き出した。予定の場所で待機するためであった。

できれば東次には、真っ先に命を落としてもらいたいが、なかなか上手くはいかないらしい。これまで何度も、死地へと送り出している筈なのに、その度何事もなく、怪我一つ負わずに戻ってくる。

(気はすすまぬが、何れ我が手にかけるしかないか)

思いつつ、御拳場を歩いた。

もう何度も繰り返し歩き、何処にどんな窪《くぼ》みがあるか、何処に木の切り株があるかまで調べ尽くした場所だ。目を瞑《つぶ》っていても容易《たやす》く歩ける。

なにがあっても、仕損じる筈はなかった。

一刻か。

或いはそれ以上か。

必要以上にときが過ぎた。

（おかしい）

源八郎は流石《さすが》に訝った。

いくら待っても、上様ご到着の声もあがらなければ、鳥を放つ様子もない。

そういえば、先刻までは大勢いた筈の鷹師《たかし》や鷹師同心の姿が急に見当たらなくなった。勿論、鷹師同心の中にも仲間を送り込んでいるが、なにしろ専門知識を要する特殊な役目であるため、二組の鷹師部屋に、それぞれ見習いを二名ずつ潜り込ませるのが精一杯だった。それでも、情報を入手したり、鷹に細工を施したりするには充分な筈だ。

鷹狩りの日時が決定したとき、真っ先に二つの鷹部屋にそれが知らされ、鷹師は直ちに己の部屋で飼育されている鷹の状態を報告する。

それによって、千駄木《せんだぎ》組の鷹を使うか雑司ヶ谷《ぞうしがや》組の鷹を使うか、或いは両方の組のものを使うかが決められる。

今回は、千駄木組の鷹が使われることになった筈だ。

（いくらなんでも、遅すぎるぞ）

源八郎はさすがに焦れた。

永遠にときが止まってしまったかに思われたそのとき、

「残念ながら、いくら待ってもこの御拳場に上様は来られぬぞ」

シンと静まった御拳場に、耳覚えのある声音が響く。源八郎はゆっくりと振り返り、そこに予想どおりの人物を見出した。

「松波…筑後守様」

三郎兵衛は、ゆっくりと歩を進め、源八郎に近づく。

「矢張りうぬの仕業《しわざ》であったか、源八郎」

袴の股立をとって腰紐に挟んだ以外、三郎兵衛はこれといって鷹狩り用の扮装をしてはいなかった。

「た、鷹狩りは？」

「鷹狩りなど行われない。わかるだろう」

「ま、まさか！　此度の鷹狩りは上様直々《じきじき》のお声掛かりと聞いております」

「鷹狩りはいつでも上様直々じゃ。千駄木組にそちが潜り込ませた間諜《かんちょう》は、そんなことも調べておらぬのか」

「し、しかし、我が手の者がこちらに向かう途中の上様のお姿を確かに見たと……」

「貴様の手下が見たのは仁王丸の見せた幻だ」

「まさか」

源八郎は一旦言葉を失ってから、

「仁王丸が何故？　桐野が死んだいま、公儀に力を貸す義理はないはず……」

ぼんやり呟く。

「さあな。仁王丸も、あれでなかなか一途な男だ」

「………」

源八郎が言葉を失ったのは、三郎兵衛の口ぶりがあまりになにもかも承知しているかのようであったためだ。桐野亡き後、一体誰が、詳細な報告を行えるというのか。

「では……では、貴方様は何故、ここに？」

源八郎は思わず問い返した。

三郎兵衛の面上にはなんの表情も浮かんでいない。

「叛徒の討伐だ。決まっていよう」

「貴方様お一人で？」

「なにか問題でも？」

「さすがでございますな」

「貴様こそ、まんまと鳥見役におさまるとはたいした手並みではないか。いまこの御拳場における三十五名全員が、貴様の手の者か？」

源八郎は無言で頷く。

鳥見役は、元々組頭一名の下に八名の鳥見役という構成でやってきたが、昨年増員された。これは、鳥見役にお庭番と同様の役割が与えられていたためだが、一般にはあまり知られていない。

「ですが、一体、どうして……」

「謀《はかりごと》が漏れたのが、それほど不思議か？」

「…………」

三郎兵衛に指摘されると、源八郎は口を噤むしかなかった。

「桐野を葬って、油断したか？」

「まさか！」

源八郎はっと顔色を変え、己の周囲を見回した。

隅田川《すみだがわ》河畔に設けられた御拳場にはところどころ葦《あし》が群生している。人が身を潜めるには充分な茂みだ。

その茂みの周辺に、他の鳥見役たち——というより、配置についていた源八郎の手下らが何人も斃《たお》れている。

「…………」

「うッ」

ろくに声を漏らすこともなく斃されたのは、その者の技があまりに速過ぎるが故だった。

姿すらろくに見せず、疾風の如く動く者――。

源八郎の知る限り、そんな動きのできる者は一人しかいない。

「誰だ」

源八郎は、たまらず誰何《すいか》した。

ありえぬことだと己に言い聞かせながらも、無意識に体が震えた。

（まさか――）

震えを堪える源八郎の前で、その者はつと動きを止める。だが、逆光に晒《さら》されて顔はよくわからない。

「答える必要があるのか？」

言い返されると、更なる恐怖が五体を捉える。

「馬鹿な」

源八郎は低く呟いた。

「生きていたのか、桐野」

まさしく悪夢を見ている心地であった。

動きを止めた桐野が、真っ直ぐ源八郎を見据えている。

「残念ながらな」

桐野の声音には、僅かながらも嘲弄が含まれていた。いや、そう感じてしまうのは、或いは源八郎の僻《ひが》めであったかもしれない。

「詰めが甘すぎるぞ、源八郎」

桐野の声音は、常の桐野のものでしかなかった。

「…………」

「焼け跡から、若と私の死骸を捜さなかったのは、お前の致命的な誤りだ。斯様《かよう》な疎漏さで、大事など成せるわけがなかろう」

「お、おのれぇーッ」

桐野の指摘に、源八郎の満面は忽ち絶望に染まってゆく。

「うあああぁ〜ッ」

源八郎は即ち抜刀し、踏み出した。

但し、向かった先は桐野ではなく、三郎兵衛のほうであった。

もとより三郎兵衛は予期していて素早く鯉口《こいぐち》を切ると、低く腰を沈めて身構える。

源八郎の切っ尖が、三郎兵衛の鼻先へ届くか届かぬか、といったあたりで、更に腰を沈め、
ズッ、
抜き打ちに刀を一旋した。

「う……」

三郎兵衛の切っ尖が、刀を持つ源八郎の手の甲を傷つける。

が、ごく浅い傷だ。すぐに構え直して、

「うぉらッ」

再び上段から斬りかかった。

ガシュ、
一旦真正面で源八郎の刀を受け止めてから、

「おりゃあーッ」

三郎兵衛は力任せに突き放し、そのまま左肩から右脾腹あたりまで、袈裟懸けに斬り下げた。

「ぬぐぅッ……」

源八郎は腹を押さえて蹲《うずくま》る。

それでもなお致命傷にはいたっていないため、辛うじて言葉を発することができた。

「何故…殺さぬ？」

「まだ貴様に聞きたいことがあるからだ」

刀を鞘へ戻しつつ、懶《ものう》げな様子で三郎兵衛は応じる。

実際、これから先のことを思うと、気が重いことこの上なかった。

苦しげに呻く源八郎のことなど、見ていたくもない。

「私は……な、なにも喋らん……ぞ」

「それはどうかな」

三郎兵衛に代わって、桐野が言い返した。そして、

「こいつを手当てしてやれ、仁王丸」

「はい」

仁王丸は素直に応じるが、

「な、なにをする！……は、離せ」

源八郎は激しく身を捩《よじ》って仁王丸の手を逃れようとする。

「おい、そんなに暴れると、傷口がひろがって死ぬぞ」

「かまわん！　事ここに至っては、最早……ど、どうせ、我が手の者は皆死んだのであろう」

「ああ、死んだ」

桐野の言い方はいつもながらにべもない。

「な、ならば、私も殺せ…うぅッ……」

言いかけて、だが源八郎は途中で苦痛に顔を歪めた。

「おい、無茶をするな」

桐野は厳しく窘《たしな》めるが、聞き入れそうにもないので、

「堂神、こやつを身動きできぬようにしろ」

すぐに背後の堂神に命じ、堂神は黙ってそれに従う。即ち、背後からガッチリ腕をまわして腹の傷口ごと源八郎を押さえ込んだのだ。

「仁王丸は、傷になにか巻いてやれ」

「え？　なにか、とは？」

「なにかないのか？　晒しかなにか……」

「晒しじゃねえけど、手拭いならあるぜ。ちょっと薄汚れてるけど」

勘九郎がすかさず懐から取り出して仁王丸に手渡したのは、祭礼で使うような派手

な色の手拭いだった。受け取った仁王丸は、慣れぬ手つきながらも、それを、最も深く傷ついた脾腹のあたりに巻き、きつく縛った。

「うわぁーッ、やめろぉーッ、手当てなんかするなぁーッ、殺せぇーッ」

激しく喚きながら抵抗していた源八郎は、遂に気を失った。

「死んだのか？」

「いえ、気を失っただけでしょう」

桐野は勘九郎に即答したが、

「ちゃんと急所を外して斬っとるわい。それほど大袈裟にせずとも、そやつは当分死なぬわ」

一連の騒ぎを冷ややかに見据えつつ、三郎兵衛はさも不快げであった。

「それはわかっておりますが……」

「そもそも、なんでこやつをそれほど助けたいのだ。上様暗殺を謀《はか》った大罪人だぞ。いま助かったとしても、何れ打ち首だ」

「こやつは、小七郎の兄なのでございます」

「小七郎？」

「二十年前、五通目の密書を運ぶ途中で命を落とした者でございます」

桐野の言葉は、既に意識を失った源八郎の耳には届いていないだろう。

四

成瀬正幸の名で認められた五通の密書が、それぞれの宛先に向けて送られたのは、会津御蔵入騒動が起こって大いに世間を騒がせたしばし後のことである。

季節は初春であった。

然《しか》るに、弥生《やよい》の月の花見の宴に誘うという内容は少々——いや、かなり、気が早すぎる。なにかの喩《たと》えか、暗号文であることは容易に知れた。だが残念ながら、その時点では、解読にはいたらなかった。

問題は、五通目の密書が何処に届くのか、ということだ。

小七郎という脚の速い若者のあとを追いながら、桐野は不思議でならなかった。

当時の犬山藩は、藩主・正幸と城代家老の秋山《あきやま》のあいだに多少の確執があり、秋山は正幸のやることなすことすべてに否定的であった。

秋山が密書の件を知り、邪魔をしてくるであろうことも、ある程度予測がついたのだろう。正幸は、五通目の密書を、小七郎に託した。

小七郎は、根来衆の末裔ではあったが武術の心得は殆どなく、ただ人より脚が速いというだけの若者だった。

脚が速ければ、或いはどうにか逃げきれるのではないか、という正幸なりの願いであったのかもしれない。

「小七郎を殺したのは、秋山の命を受けた根来衆の鉄砲組だ」

という桐野の言葉を、存外素直に源八郎は聞いた。

鉄砲組が関わっているのではないかという疑惑は、当時から源八郎の中にもあった。だが、相手にされていないとはいえ、一応同族だ。まさか、同族の者が実際に手を下すとは思えなかった。いや、思いたくなかったのだ。

「あのとき、鉄砲組の者が小七郎を撃った。それは間違いない」

「間違いない？」

「ああ、二十年の間、繰り返し調べた。間違いはない。だが問題は、そこではない」

桐野の口調は終始変わらなかった。

変わらぬからこそ、信じられる気がした。

「本当に密書を認《したた》めたのが、誰か、ということだ」

「なに？」

「あの密書は、本来ある人物から五家の当主に宛てて送られたものだ。成瀬正幸は身代わりの盟主にすぎぬ」

「どういうことだ？」

「これから私の言うことを、すべて手放しに信じるか？」

桐野に真顔で問われたとき、無条件で信じてもいい気がした。それほどに、桐野の言葉には信憑性があった。

逆に、長い間、己はなにを見てきたのだろうという悔いが起こった。

「なあ、桐野」

源八郎はふと、問うた。

まるで旧知の友人とでも話すような、何気ない口調であった。凝り固まった怨みの感情が潰《つい》え去ると、それまで彼を被っていた独特の雰囲気が消え、別人のようであった。

「お前ははじめから俺の目的を知っていたのに、何故泳がせた？」

「お前が、小七郎の兄だからだ」

桐野は即答した。

ほんの数日、見守っただけの若造だ。そもそも、すべてが終われば自ら手にかけるつもりだった。なのに何故、これほど長く桐野の心を嘖《さいな》むことになったのか。

その理由を、聞かれもせぬのに、桐野は自ら口にした。

「一度だけ、間違って私を呼んだのだ」

あくまで淡々として桐野は言った。

「兄上、と」

その瞬間、源八郎は息を呑み、すぐ顔を伏せて低く嗚咽した。

胸底をじりじりと掻き毟《むし》られそうに辛い嗚咽に、桐野は耐えた。ただじっと耐えることだけが、二十年前の贖罪であると信じて。

五

「二十年前、密書を書いて五家に宛てたのは上様でございますな」

甚だ呆れ声で三郎兵衛は言ったのに、吉宗は一向悪びれる様子もなかった。

広い馬場を五往復しての騎射の直後だが、さほど息があがっている様子はない。

「よく調べたのう」

(感心している場合か)

口には出さず、三郎兵衛は心中密かに舌打ちする。

「二十年前、上様は五家の当主に宛てて同じ内容の文を書かれた。だが、世を憚るために成瀬正幸の名を使ってしまい、ために五通目の宛先に困った。違いますか？」

存外さらりとした口調で、三郎兵衛は吉宗に問うた。

「違わぬ」

吉宗はあっさり頷いた。

「何一つ違わぬ。……あの頃、余は些《いささ》か追いつめられていた。改革は思うように進まず、寧ろ、向かい風じゃった」

「だからといって、臣下に謀叛を勧めるような真似を……」

「ちょ、ちょっと待て。それは違うぞ」

「なにが違うのです」

「余はただ、お庭番のような組織がもう一つ作れぬかと思うただけだ」

「お庭番は、一つあれば、充分でございましょう」

「確かにお庭番は有能だ。だが、相対する組織がもう一つあれば、互いに競い合い、もっと有能になるのではないかと思った。……思えば余も若かった」

「今更、そんなお言葉では済ませられませぬぞ」

「余はただ、五家の力を借りて第二のお庭番組織を作り、あらゆる情報を集めようとしただけだ。五家の者たちは御三家の家老であると同時に、大名でもある。その人脈ははかり知れぬ。それを用いれば、相当な規模の組織が作れようと思うてな」

「そのせいで、多くの者の運命が狂い申した。命を落とした者も少なくございませぬ」

三郎兵衛は渋い顔で言ったのに、

「まあ、そういうことになるか」

肌脱ぎのまま、全く悪びれずに吉宗は応える。

「上様ッ！」

「そう、怒るな、筑後。……あの頃は、余も手探りでやっていたのだ」

吉宗は依然として悪びれない。

「二十年のときを経て、はじめの目的がまさかこれほど違ったものになるとはのう」

「そもそも上様の目的とは？」

「もとより、強き国を作ることだ。……最強のお庭番があってこそ、それがかなうと思うた」

「それ故、密書を？」

「成瀬の密書自体に、さほどの意味はない。あれは、形ばかりのものよ。もとより、五家の者らとは、事前に江戸で打ち合わせをした。その結果、意味深な密書を送ろうということになったが、まさか余の名では出せぬ。成瀬の名を借りたのだ」

「密書は一旦、成瀬が持ち帰り、犬山から五家の当主あてに送った。自分宛の五通目はご丁寧に江戸屋敷へ届けさせようとした」

吉宗はそこで一旦言葉を止め、

「そこまでせずともよいものを、律義な男よ」

やや口許を弛めて言った。

「他人事のように仰せられますな。当時のお庭番は、それを必死で追うたのですぞ」

「…………」

「そのため多くの者が死に、多くの血が流れ申した。それを、意味のない形ばかりのものだと仰せになられまするか？」

「もう、勘弁してくれ、筑後」

吉宗はあっさり負けを認めた。

「余が、間違っていた」

言ってから、さすがにしばし口を噤んだ。

「上様」

三郎兵衛は言いかけて、だがやめた。

五代・綱吉《つなよし》の頃から幕臣の務めを果たしてきた己が、心から仕えてよかったといえる将軍は、吉宗だけだった。三郎兵衛にそう思わせてくれるだけの志が、吉宗にはあった。

それ故、あまりくどくどと説教めいたことは言いたくない。わかってもらえれば、それでいいのだ。

小姓に汗を拭わせ終えた吉宗がゆっくり身繕いするのを待って、三郎兵衛は再び口を開く。

「それにしても、まさか、上様ご自身が、上様のお命を奪うための組織を作ろうとは夢にも思われませなんだ」

「もう、勘弁してくれと言うておろうが。……犬山の根来衆が余の命を狙っていたなどと初耳じゃ」

「正確には、根来草組、でございます」

「その根来草組は、犬山の根来衆とは全く異なる組織なのであろう？」

「元は一つでありましたが、現在の組頭が私怨を晴らすため、勝手に行動していたものと思われます。たまたま、上様が気まぐれに作ろうとなされた間諜網が、ときを経てなお機能していることを知り、まんまと手中に。……なかなかの遣り手でございましたが、詰めが甘うござった」

「だが、その間諜網を使って、余の身辺に多くの者を送り込んでおったのであろう？」

「中には十年以上も務めておる者もいるらしく、すべてを炙り出して駆除するには、かなりのときと手間がかかりましょうな」

「それまで余は枕を高くして眠れぬということか」

吉宗はさすがに顔を顰める。

「自業自得でございます」

三郎兵衛の言葉には当然毒が含まれていたが、その口辺には薄い笑みも滲んでいた。

実に腹黒い嗤いであった。

※　※　※

「桐野――」

三郎兵衛にふと呼ばれた。

しばし躊躇ったが、桐野は仕方なく縁先に姿を見せた。

三郎兵衛が己になにを訊こうとしているか、ある程度予想がついている。

「中根市之丞と桔梗屋は、完全に蚊帳《かや》の外だったのであろう？」

「古本屋で発見された密書はもとより、源八郎の手による仕込みでございました」

「そちでも、読み違えることがあるのだな」

「恐れ入ります」

桐野は項垂《うなだ》れ、仕方なく縁先で膝をつく。

中根は兎も角、桔梗屋については確かに桐野の読み違いであった。多少——いや、かなり焦っていたのだろう。手持ちの札だけですべてを繋げ、一日も早く一網打尽にしたかった。

源八郎による精神的な揺さぶりは、確かに相応の効果を桐野にもたらしていたのだ。

だが、一連の陰謀に加担しているわけでもないただの悪徳商人が、何故あれほどの仕掛けを施した家に住んでいるのか。桐野にはいまもわからない。その後仁王丸が更に詰問した結果、なにやら背後に大いなる黒幕が存在するらしいと知れたが、それが何処の誰かまでは、未だ聞かされていない。

「必ず吐かせてご覧に入れます」

仁王丸は張り切っているが、ここまで口を割らぬということは、桔梗屋自身にも、黒幕の正体がわかっていないのではないか、と桐野には思えた。

(何れにせよ、源八郎に復讐を勧め、間諜網を与えた者の正体も未だわからぬ。その者こそが、上様の作ろうとした間諜網を途中で奪い、己の好きに育てあげた張本人に違いない)

そこまで考え、唇を噛んでから、桐野はつと顔をあげた。

「此度は、私の失態で、御前にはご迷惑をおかけいたしました」

「馬鹿を言え」

深々と頭を下げる桐野に内心戦《おのの》きにも似た感情を懐きながら、三郎兵衛は言った。

「二十年のときをかけて綿々と築き上げられた間諜組織の存在を探り当て、上様暗殺計画を未然に禦いだ。すべてそちの手柄ではないか」

「いいえ」

きっぱりと首を振り、桐野は顔をあげて三郎兵衛を見返した。

「本来、二十年前に探り当てていなければならぬことでございます。それができなんだために、よりによってこの江戸に、お庭番以外の間諜網が蔓延《はびこ》ることを許してしまいました。私の失態でございます」

「だとしても、すべては上様の腹から出たことだ。お前の言う、涓滴《けんてき》岩を穿《うが》つが如き気の長い暗殺計画は、あまりにときがかかり過ぎるが故に、いつしか目的を見誤ってしまったのであろう」

「御前——」

「おかげで、目的とは全く別の形に育ってしまった化け物を、掃討せねばならぬ」

三郎兵衛の言葉つきには、いつしか慈父の優しみが滲んでいた。

「間諜網の中には、城中に出入りの商人はもとより、大工や植木屋、陶工までおるそうな。しかも長いときを経てすっかり周囲にとけ込んでしまっておる。炙り出すのは容易ではないぞ」

「わかっております」

三郎兵衛なりの慰めを察した桐野の表情が漸く明るくなった次の瞬間——。

「松波様ーッ」

底抜けに明るく、よく透る女の声音が、不意に表から響いてくる。

「お言葉に甘えて、宿下がりのあいだ、お世話になりに参りましたーッ」

（来たか——）

その声を聞いた途端、三郎兵衛の胸が激しく高鳴った。

「別式女の《葵》でございますーッ」

「いらっしゃいましたな」

淡い微笑とともに呟き、桐野はそれきり姿を消した。

「殿ッ、殿ッ——」

ときを移さず、駆け込んでくる黒兵衛の足音と声音が重なった。

「一大事にございますッ。いつぞやの別式女が御門前に——」

(五月蠅《うるさ》いのう)

《葵》こと、千鶴の来訪には心躍らせながらも、それを告げに来る黒兵衛のけたたましさには心底辟易する三郎兵衛であった。

時代小説
二見時代小説文庫

第二《だいに》のお庭番《にわばん》 古来稀《こらいまれ》なる大目付《おおめつけ》10

二〇二三年 十二月二十五日 初版発行

著者 藤《ふじ》 水名子《みなこ》

発行所 株式会社 二見書房
〒一〇一-八四〇五
東京都千代田区神田三崎町二-一八-一一
電話 〇三-三五一五-二三一一［営業］
〇三-三五一五-二三一三［編集］
振替 〇〇一七〇-四-二六三九

印刷 株式会社 堀内印刷所
製本 株式会社 村上製本所

ISBN978-4-576-23139-6
https://www.futami.co.jp/

藤 水名子

古来稀なる大目付

シリーズ

①まむしの末裔《まつえい》
②偽りの貌
③たわけ大名
④行者と姫君
⑤猟鷹《りょうよう》の眼
⑥知られざる敵
⑦公方天誅《てんちゅう》
⑧伊賀者始末
⑨無敵の別式女《べつしきめ》
⑩第二のお庭番

「大目付になれ」──将軍吉宗の突然の下命に、一瞬声を失う松波三郎兵衛正春だった。蝮《まむし》と綽名された戦国の梟雄・斎藤道三の末裔といわれるが、見た目は若くもすでに古稀を過ぎた身である。「悪くはないな」──冥土まであと何里の今、三郎兵衛が性根を据え最後の勤めとばかり、大名たちの不正に立ち向かっていく。痛快時代小説！

二見時代小説文庫